后浪出版公司

陆茵茵 —— 著

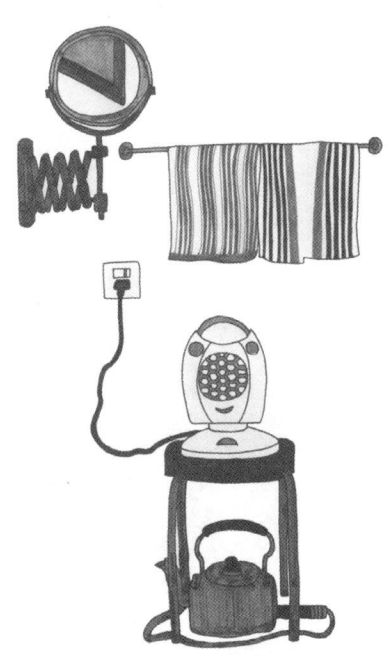

四川人民出版社

目录

001　生日

023　菩萨

047　宇宙的玄机

057　出差

077　夜航

111　迷林

127　台风天

157　零比三

175　湖

生日

钟满也快满三十岁了。

下班经过西点房,顺便买一只奶油蛋糕。透过玻璃橱窗望进去,每一只都诱人食欲。她想起四五岁的时候有一段时间,爸爸天天牵着她的手走进食品店。蛋糕放在一个粉红色的纸盒子里,高高搁在柜台上,标价二十元。她远远看着,要买,爸爸说,等几天,等妈妈病好了,我们买一只回家庆祝。妈妈住在医院里,每天打针,两瓣屁股针点密密麻麻,不能仰卧,只好趴着养病。爸爸骑一辆自行车,从学校急急赶回来,车兜里扔着他那只破书包,发黄的水杯,几本化学教科书,一路骑一路咣当咣当响。她一个人趴在二楼窗口念儿歌,看见爸爸的头顶遥遥过来了,整个人站起来,对着窗外大声唱:我的好妈妈,下班回到家,劳动了一天,多么辛苦呀!

爸爸一开门,把东西往桌上一扔,抱她坐上车子,又关门往医院赶。妈妈趴在淡黄的暮光里,身上盖一条薄被子,看起来像一只褪色的乌龟。当时他们说了些什么,爸爸有没有让她亲亲妈妈的脸蛋，妈妈闻起来是什么味道，她全不记得了。只记得医院出门右拐有一家小商店，爸爸牵着她，一个橱窗一个橱窗慢慢看过去。她看见银光闪闪的不锈钢热水瓶，看见金笔，看见最新型的净水器，透明外壳里一根根管道绕来绕去，像爸爸实验室桌子上架着的化学试管。她伸手想去碰，爸爸总是紧张兮兮把她抱开。她问什么时候可以碰？爸爸说等你长大就可以碰了。她问什么时候长大？爸爸说很快就长大了。

一圈膜拜下来，最后她的视线总是落在那只粉红色蛋糕盒子上。她疑心是不是昨天那只，是不是前天那只，盒子放在原来的位置一动不动，也没见谁来买，一个月下来，他们看见的大概都是同一只。她很想打开看一看，这尼龙绳扎起来的粉红色盖子底下，趁他们不注意，蛋糕是不是长绿毛了。爸爸捏着她的手心，说等妈妈病好了我们买一只回家庆祝。妈妈什么时候病好？很快就会好的。

她没有等到妈妈病好，所以没有吃上蛋糕。妈妈被送去太平间，又送到火葬场，她最后一次见到妈妈，或者说妈妈的遗体，就是在火葬场的告别厅。但她对这些没有记忆，甚至对妈妈，她的印象都很稀薄。她好像是一个身材矮矮的年轻女人，穿一件铺满小花的肉色连衣裙，因为是肉色的，花和叶子就像直接印在皮肤上。她坐在妈妈膝头，抱着她的脖子荡来荡去，和她相反，妈妈很瘦，两只手臂捏得到骨头，就算夏天，身上也冰凉冰凉。

妈妈死的时候还没有她老。

关于妈妈她知道得很少,家里找不到她的相片。她记得原来床头有一张结婚照,妈妈穿一条白纱裙,手里捧一束马蹄莲,裙子很长拖在地上,用彩笔描过,两个人的脸都红得像在发烧。后来结婚照不见了,她在同学家又见到,原来每个人家里都有一张,都在床头,都是白纱裙,黑西装,马蹄莲。她长大后隐约听人说起,妈妈和爸爸是表亲,两个人好上了,众叛亲离结了婚。她没有向爸爸问起,只是忽然明白为什么他们家没有亲戚。有时候她想,现在她这样痴肥,是不是也算近亲儿畸形的一种。

她的生日和爸爸在同一天。售货员问她蜡烛要几岁的,她说三十。三和零递过来了,她又反悔,说要六十。售货员诧异,三十和六十差三十年哎。她想了想,装作肯定的口气说,六十。

其实六不是个吉祥的数字,爸爸出事那天就是有一年的六月。她刚去那家公司上班,还没过试用期,每天一睁开眼睛就起床,换两路地铁一路公交车赶去办公室。那个早上,打卡机吐出的时间晚了一分钟,她想该死,怎么这么倒霉,不多不少就差这六十秒。下午部门经理在门口向她招手,脸上表情严肃,她预感又是为鸡毛蒜皮的小事要来训她,心事重重出去。没想到经理一反常态，语气温和，说小钟，你要有心理准备，你爸爸被车撞了。她一时愣怔不知他在说些什么。经理说你别担心，应该没事，只不过一直昏迷还没醒来。公司规定所有接线小姐上班必须关闭手机，不知道医院通过什么渠道找到这里。她想或许爸爸还清醒着，没什么大问题。等她赶到医院，躺在床上的男人两条小腿已经没了，整个人短了一截，怎么看怎么不像爸爸。她坐在床边全身发麻，手指木木的，脸不住颤抖，想停也停不下来。一个月后才把他从医院接回家里，对他来说差别不大，不过从一张床转移到另一张床。

从此她发现自己不再有怨言，这是很奇怪的，生活给你的打击越多，你越说不出话。几年以前她还骂过爸爸，说他逆来顺受，他第一次把黄黄的手掌抬起来，很不熟练地想要打她。那时她快要高考，埋在书桌里做半天梦，说想考音乐学院。她知道爸爸认识一位教授，是他们初二年级一个小老师的丈夫，教职工旅游时一起爬过山的，说说笑笑人很和气。她让他去托关系，他不肯，她说你不去我就完了，报名的人那么多，是沙里淘金，不送钱我怎么考得进。他说不行，考不进说明你不是那块料。她说我知道自己不是天才，但比一般人绰绰有余。每次学校搞联欢会，我坐在台底下听那些人唱歌就觉得好笑。但是你也知道你女儿长成这个样子，我让你送钱，是想买一个机会，让他们看得见我。他断然不肯。她横下心威胁他，非音乐学院不进，如果考不上，她就不念大学，高中毕业就去混社会。他问你打算怎么混？她说我去做太妹，跟人进舞厅，贩毒品，做无业游民。他说那也只好这样，如果你有这份心，想拦也拦不住的。她气得不行，那四个字就脱口而出了。说完以后她才觉得自己很像爸爸，想丢出最恶毒的字眼骂他，结果还是这么软绵绵。

音乐学院没考上，照她平时的成绩，大专应该能进，被她这张乌鸦嘴一诅咒，落到一所高职。念了三年，出来做接线小姐，每天接几百只电话，给人查路线查天气查饭店，凡是能想到的都可以拿来问，她的号码087，生活百事通，一块钱一分钟。

渐渐也清晰了。她知道自己天资不高，长相又难看，有一份稳定工作安度时日也算是过得去。得到或失去什么都是她的命，但是因果报应到底是怎么一回事呢，她爸爸这样一个大好人，凭什么偏偏他被车撞。那天学校下课，他和往常一样骑着那辆叽嘎叽嘎的旧自行车，经过每天都要来回两遍的十字路口。路口人多，车流量大，每次他都警告她一定要遵守交通规则，等到绿灯才过马路。他歇在路边，半靠着坐垫，身旁乱闯红灯的行人一个个都过去了，只有他傻傻等着。一分钟后，红灯终于暗了下去，绿灯亮起。他满眼只有那团绿色，踩起脚踏板就往前骑，还没骑出两米，一辆卡车冲过来把他带倒。车主逃脱了，几天后又被警察抓住。他的自行车抛出好远，车轮在地上空转。

赔了十万元，肇事者蹲大牢，谁也没想到，谁也不想的。

车主的老母亲七十多了,佝偻着背,由女儿陪着从老家坐火车过来,带两大袋补品,说不出话,眼泪直流。

爸爸每天就这样躺着。一有空她就走到床边,给爸爸翻身。上班前喂他吃一顿早饭,下班后喂晚饭。临睡前擦身,代替洗澡。他身上没有知觉,唯独眼睛能动,说到什么他听懂了,就眨眨眼睛。有时候情绪激动,他的眼里也会冒火。她看过一次,刚出事那会儿,工作了二十多年的学校派了老师前来探望,是个副教导,黄头发,圆圆脸,大夏天,一张脸上全是汗。她站在厨房泡茶叶,水还没烧热里面就轰隆隆响,她以为父亲跌下床了,没想到是那个女教导拎着包往门外逃。爸爸还在床上躺着,他一个动不了的人,真不知道她害怕什么。回过头看,连她自己也吓了一跳,从没有见过这种情形,那两只眼球瞪到不能再大,血管爆裂,像两粒炸弹迸出来炸人。她打电话到学校,校长总是不在。好不容易在了,凶巴巴对她讲,急什么,会给你处理好的。

回到家,屋子里静悄悄的,爸爸是一个不会制造噪音的老人。一开门,正对大门的镜子涌进一具肉团团的身体,每天她都要正视一遍:这就是她自己。厨房光线很暗,经过过道走进卧室,靠近阳台稍亮一点。窗帘拉开一条缝,爸爸喜欢看外面,一有鸟飞过他的眼睛就忽地一亮。但全拉开又不行,下午太阳太晒,床靠阳台,猛烈的日光照进来他简直逃也逃不掉。她把蛋糕放在桌上,跟爸爸打招呼,絮絮叨叨给他讲今天发生的事。

鹌鹑蛋五块一斤,你不是爱吃鹌鹑蛋吗,我买了明天给你做晚饭。家里油用光了,等一下我要去一趟超市,买油买糖,再买点绿豆回来做绿豆汤。你说要不要骑自行车?我看看还剩多少米,要买米的话必须骑车。不去也不要紧,今天不炒菜,我们吃蛋糕。你想不想吃蛋糕?你记得今天是什么日子吗?我想你记得,你记性这么好,今天是——

她往日历上瞥了一眼。今天的日期用红笔圈着,每隔四五天都有这样一个小圆圈,代表这天是父亲的排泄日。瘫痪后父亲很难自主排泄,小解靠尿袋,大号就得按摩,再用手给他抠出来。一星期不排便,肚子里堵坏了,按上去硬邦邦的,最外面的排泄物也黑硬得像石头。她把父亲翻转过来,收拾干净再转身。起初她不好意思,那年她二十四岁,刚毕业,没看过男人身体。父亲穿一条棉布中裤,大腿沉沉搁在床上,她不敢动。但时间一长不是办法,下身发臭,而且总要拉屎。她咬咬牙,像脱小孩裤子,一把拉下来。看到了也就很平常。她想,原来男人是这样,原来男人不过如此。

她还没有过一个男人,不知道哪个男人会要她。她从小知道自己难看,小学里人家叫她肉球,学了英文以后升级为 meat ball。上英语课时老师问,Which sport do you like?调皮的男生回答,I like playing ball, meat ball。全班哄笑。但她从没有怀疑过自己会结婚。她想,盲人能结婚,智障儿能结婚,精神病能结婚,杀人犯也能结婚,凭什么我不能结婚?我一定可以。有一个信念是好的,有信念的时候人比较不会疑神疑鬼,总觉得信念能够实现,只是早晚。但这个信念最终还是被打破了,她记得清清楚楚,是在两年前的一个秋天,忽然有人敲她家门,猫眼里看出去是个从没有见过的男人。她很警惕,隔着门问,谁?男人说,是小满吗?我是你二叔。二叔?她说,我没有二叔。你怎么能没有二叔呢?男人说,我是你爸爸的亲弟弟,难道不是你二叔?快开门,鸡要逃走了。

她开门一看,男人手里拎着一只母鸡,另一只手捏一根绳子,绳头绑着一只鳖。她说你到底是谁,我从来没见过什么二叔。他说我是你爸的亲弟,小时候被过继到乡下去了,难怪你不认识。后来和村子里的朋友进城打工,跑运输,搞建筑,这两年才回到这里。前些天听说大哥瘫了,世事无常,我来看看他。钟满说,我们跟那边已经好多年没来往了。我晓得,男人说,跟我没关系,我只管看我大哥。

钟满松开门放他进来,他一进屋先把母鸡放了,甩着胳膊说好沉好沉。母鸡咯咯叫,拍翅膀乱飞,厨房里被它搅得迈不开脚。钟满说这叫我怎么办呐,我从没杀过鸡。男人笑嘻嘻看她,说宰个鸡也不会吗?她说不会。男人说再说吧,你爸爸在哪里?她指指里面,带男人走进去。爸爸躺在床上,钟满说,爸爸,有人来看你,他说是你弟弟。爸爸微微侧过头,眯了眯眼睛,并没有什么反应。男人说,大哥,你不认识我了?几十年了,一转眼就这么过了。我是得志啊,我走的那年六岁,还记得吗？我们小时候一起抽陀螺玩的，陀螺只有一个，二哥坏，不给我玩，你每次都帮我，记不记得？

爸爸的眼睛眨了眨，钟满想他记得了，那么他真的是二叔。她凭空多了个二叔出来。她这才真正看清这个男人，穿一件土黄色棉衣，双手红彤彤的，嘴唇皲裂了皮，头发里夹着乱七八糟的刨花。见她盯着自己，二叔用手掌抖了抖头发，笑着说，刚做完活儿出来。原来他是个木匠。二叔问她几岁了，她回答二十八。都二十八了？二叔惊讶道，成家了没？她说没有。二叔说，唔，我也没有。她忽然生出一种奇怪的感觉，这个陌生男人登堂入室好像就是为了告诉她这句话。她一时窘迫，跑到厨房去，看见那只鸡折腾得满地都是绒毛。这是她第一次见到这个年纪还没结婚的人，她周围的人都结了婚，没有落单的。二叔又坐了一会儿，起身走了，她看着他出门，手肘上磨光了两块油垢。她觉得某种防线被打破了，原来真有人一辈子结不了婚。二叔走到楼梯口她还懵懵懂懂，忽然向门外喊，那鳖怎么吃啊？二叔回道，鳖？你以为那是鳖？那是个乌龟！

她不敢杀龟，颤巍巍把鸡引进塑料袋里一起提到菜市场，付两块钱叫人杀了，乌龟往水里放生了。这龟不小，怕吃了折寿。

钟满工作的地方也有男人，但他们从来不会注意到她。他们注意的是田静，晓欢，那些美女。她走进走出不会有一双眼睛望向她，即使抬起头来，也很快低下去。她一度很喜欢里面一个白白净净的大男孩，也是学校刚毕业的，瘦高瘦高，梳最时髦的贝克汉姆头。他的座位就靠门边,那一段时间她总是多上几次厕所,手洗完不擦干,进门时甩来甩去,有时问他借纸巾。他对她倒没有敌意,有两次也来女生堆里搭讪。有人说他要追晓欢,晓欢说,穷鬼,又没前途,谁要他。钟满也就作罢了。

其他地方很难接触到男人,她没有社交活动,公司家里两头跑,同学又都不联络。还是要靠工作,她想,但有些东西,见不到真人好像就缥缥缈缈。她是指有个男人,总是打电话找她,有时几天一次,有时一天几次。第一次打来时他问一家川菜馆的电话号码,她查了,报给他听。他说,小姐,请问你叫什么名字?钟满说,先生我是087,您有事可以拨我的分机号码087。心想难道又是要投诉。对方说,小姐,你的声音非常好听,我想知道你的芳名可不可以?钟满说,先生您知道087就可以了,请问还有没有其他查询可以帮您?对方说,有,我有其他查询,你帮我查查从我家到那家餐厅最划算的交通线路怎么走?钟满说请问先生您的住址,他报出一条路名,接着说,我也想知道你的住址。钟满没有理他,手指头快速飞舞,很快查到结果,先乘一部公交车,再换地铁,上来五分钟就可以找到。对方听完,还是赖着不挂电话。钟满说,先生,电话费很贵。他笑道,087号小姐,你真好,那我挂了,我只不过是想多听听你的声音。

钟满心里一动。

那个男人隔三岔五打来,每次都转接087。听到那个低沉的嗓音响起来之前先长长舒一口气，钟满总是心一悬空，扑扑乱跳。他每次都带着问题，装装样子，问完之后就开始胡扯。钟满察觉他不正经，但他又时常打来，没有一个男人对她这样殷勤。她悲哀地觉得，电话真是丑陋者的福音，如果他见过她，明天电话一定会是安静的了。有一次他问她，我的情况你都知道得差不多了，你却从来没有说过自己。她说，先生对不起，我们是服务热线，只为顾客的需求服务。他说我知道你是服务热线，您怎么不为我服务呢？她说先生您需要什么服务，一说出口才觉得有些猥亵，想收却收不住了。如果对方顺着这话讲下去，也只好让他占便宜。但他只是说，我想去一个地方，她问哪里，他说你男朋友家里，能告诉我地址吗？她笑笑没有回答。

总有些事情非常嘲讽。她一天接几百个电话，下班后打开手机，却没有一个私人电话是找她的。下班路上她很寂寞，看别人在车上讲电话闲聊，她也想跟谁聊聊，但没有对象，只好插着耳机听音乐。她的手机订制的是音乐套餐，每个月交三十几元，送一个彩铃，她举着电话选半天，挑了一首她最喜欢的《小背篓》。她没有告诉别人，她喜欢民歌，很少听流行歌曲，这首歌就是她当年考学落榜时唱的曲目。只要有人打她电话，就能听见手机里丁零丁零地唱起来：小背篓，圆溜溜，歌声中妈妈把我背下了吊脚楼。哟啊啊，哟啊啊，多少欢乐多少爱，多少思念多少情，妈妈那回头的笑脸至今甜在我心头，甜在我心头。可是几乎没有人听见过，因为根本没人找她，她有时气愤，想想那些通讯费真是白交了。

终于有一天有人打她电话了，是晓欢，那是在她向晓欢说起二哥以后。晓欢加她做密友，密友畅听包三千分钟一个月才五块钱。那几天晓欢天天给她打电话，她受宠若惊，在公共汽车上搜肠刮肚想话题，实在想不出来就问，你到哪里了，快到家了吗，哦，我还有两站，喔，只有一站了，嗯，看到小区大门了，好，很快到了。晓欢说你给我说说二哥的事情吧，二哥还有什么趣事？她说二哥？二哥的趣事说也说不完。

认识二哥的时候她想自己交好运了，二哥长得非常帅，一上车她就盯着他的侧脸看了好久。他是那种瘦削有棱角，金城武式的美男子面孔。眼睛不大，眉毛很浓，头发一根根梳得湿漉漉的。快到她家时二哥开始咳嗽，咳得非常厉害，不停用手指抹鼻子，清水鼻涕还是穿过指缝源源不断流淌下来。她断定二哥没有带纸巾，就掏出一张给他递过去。二哥愣了一愣，立刻接过，连擦鼻涕的动作都很洒脱。一擦完他就赶紧起身，她以为他要道谢，两只手已经摆好了推辞的姿势，没想到喇叭报站，她家到了，两人都钻出人群，原来他们住同一个小区。

多谢你啊！二哥笑道，没有你的话我刚刚很狼狈。不谢不谢，她说，心里想他笑起来真是好看。二哥报出一串手机号码，说你就叫我二哥，我在这片混，以后有什么事都可以找我。她赶紧记下，说我叫钟满。二哥说好的，钟满，过两天一起出来玩吧。

她以为二哥找她约会，紧张得不知如何是好。翻箱倒柜找不到一件合适的衣服，好不容易翻出一身黑衣黑裤，黑色显瘦，临行前又在网上看到资料，说胖人穿衣误区之一，就是非黑不穿，搞得全身死气沉沉。她一照镜子，果然一团黑雾，像只茄子。又换一身，不敢多照镜子就闪出去。

没想到一同约会的有十几个人，都是和二哥差不多年纪的男男女女，打扮得非常靓丽。钟满在他们中间有些缩手缩脚，除了二哥谁都不认识，也没有人可以说话。他们一起去唱歌，她坐在角落里听二哥唱，没想到二哥唱得非常好。这才知道二哥是圈内人，他们说有家唱片公司准备为二哥出专辑，唱潘玮柏那个曲风。她才发现周围这堆人里有几个非常脸熟，原来参加过电视台选秀节目。有一个女孩她肯定见过，在节目里落泪，说其实不忍心把对手淘汰。她比电视里漂亮，妆化得很浓，身材更瘦。

有人说二哥你的新朋友怎么不来点歌，让她也唱一首嘛。二哥怀疑地望着她说钟满你要不要唱？不想唱也没有关系。那人笑说当然要唱，费用AA，不唱一样要付钱岂不是不划算。钟满说那好吧，我唱一首《天路》。全KTV的人震惊不已，有人大笑有人吹口哨。二哥垂下头，脸上不知该哭该笑，说钟满你不必勉强，唱一支口水歌就可以了，我给你点一个蔡依林？钟满说流行歌我不会，我就唱《天路》吧。大家起哄，不得不唱了。二哥借口去厕所。

回来时恰逢那句高潮，二哥惊得从门外弹进来，按着操作盘连声问道，是原唱吧是原唱吧？大家大声鼓掌，赞钟满唱得好。钟满放下话筒，见二哥嘴都圆了，说可造之才啊钟满，你应该是第二个韩红。钟满笑得很开心。

　　晓欢爱听的是二哥的逸事，和他口中一日三变的明星绯闻。对晓欢来说，这些话从钟满这里传达，就表示钟满也是本地娱乐圈的一员。没想到啊，晓欢说，原来钟满你这样吃得开，认识这么多演艺名人，从前你一直不声不响的，我还以为你很孤僻呢。钟满说呵呵还行吧。自从那时起钟满天天等晓欢下班，晓欢动作慢，要换衣服，要补妆，还要对着镜子各个角度照上十遍八遍才肯出门。钟满就在一边等她。出门看运气，有时她男朋友不来接，她们就一起走到车站作别，有时一辆摩托车啾一声飞过来，停在门口，晓欢就接过头盔跨上去，向钟满挥挥手飞走了。

　　有一天晓欢提出要见见二哥。钟满不同意，她觉得二哥像她一件私藏的宝物，想好好地藏在箱底不拿出来见人。但晓欢不高兴，说天天听她讲二哥，熟悉得就像认识多年的老朋友，她有权利见到二哥本人。你的朋友不就是我的朋友吗？难道我们还分彼此？钟满没有回答。那天晓欢没有给她电话，二哥也已经好几个星期没有打来，她想算了，见就见吧，反正大家都是朋友。她就给二哥发短信，说有个美女想认识你。二哥说好啊，带她过来，星期天请你们吃日本菜。

他们约好时间地点，钟满一早起来，把家里彻彻底底打扫一遍。给爸爸喂过早饭，剩下的菜用保鲜膜封起来放在冰箱。接近十二点的时候晓欢忽然来电话，说临时有事，晚上不能过去，非常抱歉，让她跟二哥打招呼，下次赔罪。钟满打电话给二哥，二哥的声音有些扫兴，钟满问那我们还吃不吃？二哥说吃啊，为什么不吃。钟满问就我们两个？二哥说对，就我们两个，也别等晚上了，现在就出来吧，我在小区门口等你。

钟满穿一件翠绿印度纱上衣，一直盖过臀部，下身黑色长裤，握着手机在门口等二哥。二哥一颠一颠地过来了，好像刚刚起床，头发乱蓬蓬的，说钟满你来了，走，跟我走。他们乘车到一站地铁入口，钟满问坐地铁去呀？二哥说不坐地铁，饭馆就在地铁站里。钟满一愣，想不是在淮海路吗？但只是想想，没有问出口。

二哥进了一家回转寿司，钟满跟进去。人不多，临着地铁商城，地方很小，只够摆一张长桌，一位寿司师傅在里面埋头做菜，墙上贴着海报，午市寿司半价。两人坐下来，二哥说吃吧，想吃什么自己拿。钟满挑了一盘烤鳗，二哥要了一盏清酒。烤鳗很鲜，又有点腥，钟满蘸了很多芥末，辣味从鼻子里一冲而上，呛得她咳嗽。二哥说你咳嗽了，我们认识就是因为我咳嗽，现在换你咳嗽，想想也挺有趣。钟满说是的，嘴角泛起微笑。二哥说好吃吗？钟满点点头，塞得满嘴，又用纸巾轻轻擦掉，怕二哥觉得她难看。二哥说钟满你挺好的，实诚，女孩子一漂亮就开始耍心机。钟满想他在影射晓欢。二哥又说，来，吃一盘黄瓜寿司爽爽口。钟满接过来，忽然有些难受，她想这样的情形不知道还有没有，她所能想象这辈子最大的幸福，不过就是平平安安，每天下了班一家人围坐在一张小木桌旁吃饭。

晓欢第二天上班，戴一副墨镜。钟满一看，知道她被打了。她男朋友很暴躁，听到点风吹草动就要动手，偏偏她又太招惹人。他很爱晓欢，有一次给钟满打过电话，晓欢在浴室洗澡，他偷看她手机，查她常拨的号码是男是女。钟满喂了一声对方马上挂掉。第二天问晓欢，晓欢骂了句脏话，说是她男朋友。我迟早会和他分手，晓欢说，等我找到一个更好的，立马就把他踹了。她还常常练习分手时要说什么话才够她解气，每次都爆出惊人字眼。钟满说既然你不喜欢他何不现在就分，晓欢说你不懂，我们这点工资哪里够用。

晓欢要赔罪，但眼睛肿了，眼皮下方一块瘀青。她们商定下个周末，把二哥约出来唱卡拉OK。钟满一星期都很兴奋，吵着要和晓欢排练一首对唱歌曲，到时候表演给二哥看。晓欢也很激动，问唱什么，钟满说《康定情歌》《敖包相会》，或者《夫妻双双把家还》。晓欢差点笑喷，说这都什么乱七八糟的，土不土。钟满说我不会流行歌曲，晓欢说我可不唱民歌。最后决定唱《不得不爱》，满大街天天在播。晓欢唱女声，钟满唱男声，虽然她听到晓欢嗓子吊不上去，很想帮她一把。

唱歌那天二哥早早到了，打扮得很精神，看得出头发仔细打理过，一丝不乱。晓欢朝钟满眨眨眼睛，意思是她眼光不错，二哥当真很帅。二哥心情也很好，眼睛闪亮，时不时说句笑话，逗她们咯咯笑。她们各自唱过几曲开嗓，准备唱《不得不爱》了。钟满没抓住前几句拗口的词，二哥把话筒夺过来，说潘玮柏的我最合适，开始和晓欢对唱。两人一边唱一边四目对望，还开玩笑地十指交握。二哥不断夸晓欢唱得好，向晓欢问这问那。钟满在一边很不高兴，不知怎么就想起了金童玉女这四个字。

那天后来的时间，她一个人点了《青藏高原》唱了好多遍，他们嫌她吵，嘻嘻哈哈叫她不要鬼叫。她反复唱那几句高音，唱得嗓子都破了。

钟满是先失去二哥的。她有一种不祥的预感，他们两个会背着她私下联系，说不定下次晓欢出现，就对她说，她已经是二哥的女朋友了。但他们比她料想得还快，一星期里晓欢神出鬼没，一下班就溜走，也不再跟她聊天。钟满看见她那个骑摩托车的男朋友好几次在门口空等，她想上去告诉他晓欢已经走了，但又觉得不该多管闲事。走出好远回头望他，他还在那里叉着双腿坐在车上，手里托一顶头盔晃来晃去。不到两星期，晓欢又开始坐他的车子，跑到更衣间，把橱柜门甩得砰砰响。钟满没有反应，晓欢冲到她跟前，说什么二哥，真会骗人，还说有唱片公司给他出专辑，都是假的！我到他家一看，一穷二白，就那么两个房间，还是几个穷鬼合租的。你去等他吧，看他什么时候能出头！

钟满失去了一个密友。她觉得这名称设置很有意思，密友畅听包，就像是给你一个身份确认，加了密友包两个人就是好朋友了。现在晓欢退出密友包，当然她的资格也就被取消。

钟满没有觉得特别伤心，就像那时候她坐在父亲床边，只是全身木木的，从头顶一直麻到脚心。要说真有什么五雷轰顶、无法承受的创痛，那不至于。人的承受力远比自己想象的强大，何况原本就只是路上捡来的关系。

有一点怅然若失，她是指那个男人。他已经好久没来电话，这让他更像一个捉摸不定的鬼影。有没有这样一个人？或者从头到尾都只是她的幻觉？钟满好像听到他说，小姐，你的声音真的非常好听，你为什么不肯告诉我你的私人电话呢？我可以请你出来吃饭，看电影，寻找我们的共同兴趣。我昨天刚看了一部港产片，是武侠电影，你喜欢武侠片吗？小女孩应该喜欢文艺片，我觉得太闷，坐在电视机前会想睡着。小姐，你考虑一下，到底要不要告诉我？

她听见身后有声音。转身看，原来是窗户漏开一条缝，一张叶子不知从哪里飘来，夹在窗框间，刺啦刺啦被风吹动。她打开窗户，将树叶放走，黄昏的风窜进室内，略有些凉，她帮父亲盖上被子。

爸爸，她说，我不去超市了，我们吃蛋糕吧，现在就吃。说着搬来椅子，与床平齐，把蛋糕盒搁在椅子上，开始解绳子。

绳子向四方松散，盒子马上就能打开，她故意顿了一顿，像在里面藏了一个秘密。爸爸，猜猜我买的什么蛋糕？钟满说，你还记不记得以前带我去看妈妈，医院隔壁有蛋糕卖，你说要买，但最后还是没买？我记得那是麦淇淋，黄色的，人造奶油，对身体不好。后来大家都吃鲜奶蛋糕了，我买的就是一只大鲜奶蛋糕，你看——

她把盒盖打开，赫然一圈绿毛。父亲的头似乎动了一下，眼皮控制不住地颤抖。她也惊讶得不知如何是好，捏着盖子站在一边，好像目睹一个诅咒的实现。片刻之后，绿毛不见了，她打开灯，看清原来是猕猴桃。

插上蜡烛，一个六一个零，她把蛋糕转过半圈对着父亲。两丛淡淡的烛火在她和父亲之间闪烁，一跃一跃的，像新生儿对这个世界充满期待。晚霞泅进来，在他们身边默默流淌。爸爸，她说，我为你唱支歌吧，唱生日快乐歌。父亲眨眨眼。

祝你生日快乐，祝你生日快乐，祝你生日快乐，祝你生日快乐。

钟满唱完，父亲又眨眨眼，她想父亲如果能动，他一定会拍拍手。现在眼睛代替了手，无声的眨动就是鼓掌。还好父亲听得懂。忽然她又想，是不是父亲失去意识才更好一些呢？囚禁在一具废弃的躯体里，清醒只是让人更加痛苦。

爸，钟满说，声音小得像草丛底下虫子窸窸窣窣。你觉不觉得人其实非常滑稽，我就很滑稽，你也很滑稽。我不知道你究竟是怎么想的，为什么要叫我钟满，你知不知道"满"这个字其实非常危险，就像英俊，美丽，用在名字里总是出事。我叫钟满，所以我长得这么肥，或者因为我长得这么肥，所以恰好叫钟满？我顶着这个名字辛苦死了，我顶着这身肥肉也辛苦死了。爸爸，你当初为什么不肯送钱让我去学唱歌？只要进了音乐学校，就没有人会嘲笑我，唱歌的都是这种身材。我在电视里看到，站在舞台中央引吭高歌的女高音，全都水桶腰身，但对她们那就是美，是承载优美音色的容器。我有容器，可是没有机会，爸爸，都怪你。

父亲一动不动，烛火一跃，让人以为是他点头应允。

就在第二天早晨，刚开工不久，那个男人又打电话来了。钟满很难说清心里有什么感觉，诚实说来，那一瞬间是欣喜的。就像一件失踪的玩具，终于又找到了，虽然原来不太喜欢，但失踪和丢弃总是不一样的。男人说，087号小姐，你最近过得怎样？钟满说，先生，怎么是你，你怎么又打来了。男人说，你是想问，你怎么这么久没打来吧？钟满没有回答。男人说，别生气哦，我出去了，去旅行了。钟满说是吗，去了这么久，都几个月了。男人说是啊，你想不想和我一起去？只要你告诉我电话地址，下次我带你一起去。你喜不喜欢吃海鲜，想不想潜水？我们去新西兰，去澳大利亚。钟满说那么你这次去的哪里？男人说欧洲。欧洲大了，欧洲的哪里啊？男人说奥地利，我去维也纳听歌剧了。钟满心里一紧，柔声问好不好听。

好听，男人的语气也很温柔，当然好听，他说。他们的声音都跟你一样好听，那个女高音，她往台上一站，立刻艳压群芳。你不亲身经历完全想象不到，她那把剑一样的嗓音简直要把金色大厅的屋顶给刺穿啦。

2009 年

菩萨

第一年去普陀山,是她、小童、静山和东东一起去的。东东是静山的同事,因为小童的外婆病了,静山要带她去普陀山拜佛烧香,小童叫上了她,三个人有点奇怪,就把东东也叫上了。东东的老家在威海,刚调到静山的公司没几个星期,一切还不大熟悉。静山说他人不错,经常在下班以后请他们喝啤酒,跟大家搞好关系,但也非常知道适可而止,不会喝醉酒耍酒疯,是个可以交的朋友。小童还不太认识东东,在汽车站刚见面的时候,很陌生地打了招呼。她也一样,跟小童站在一起,朝东东挥了挥手。

以前她不是太相信烧香这回事。上海有静安寺,前两年在大修,每次路过看到金塔上头飘过的烟,她总是觉得心底安宁,但也没想着要进去。这一次,一方面是因为小童和静山是中学时就认识的死党,一方面也因为小童跟她说,去普陀烧香很灵,只要连去三年不间断,什么愿望都能实现。她想了想,目前最大的愿望就是给自己找个男朋友,她喜欢一个男孩子,是大学里比她大两级的学长，小童和静山都不认识。他们偶尔有联系，但一直不算亲密，如果在烧香的时候求求菩萨，不知道会不会有进展？

于是四个人一起去了。先坐的车，再换了轮渡。汽车直接开上渡船，晃晃悠悠朝普陀山去。她一向晕车晕船，早早就准备好了预防的药片，自己吃两颗，小童也问她要了两颗。东东问她们在吃什么，静山说女孩子坐个船也怕吐，东东好像很新奇似的。也难怪，他家在海边，见惯了大风大浪，也许不知道还有晕船药这样东西。她把药片放回包里，再拿出薯片和大家一起分，四个人一边打牌一边吃东西，就像十几年前学校里去春游一样。那时静山和小童还没好呢，他们是高中以后才开始的，不过到现在也快十年了。

到普陀山，静山很快弄来一张地图，盘算时间，分配好这个周末哪些天要去哪些地方。她看看周边，四处走动一下，也没有听静山在说什么，她相信路程规划的事情交给男人们去做就好了。小童听得很认真，还一边商量着什么时候去找旅馆。东东走过来和她说话，问她是哪里人，是不是第一次来。她记得很小很小的时候跟大人来过一趟，但是因为太久远了，几乎已经记不清是真的还是自己的想象。如果是真的，那一次她好像穿着一双很长的红袜子，膝盖这里破了一个洞，她一直想捂住，大人又一直催着走，搞得很不开心。东东说其实他不是很愿意离开威海，因为妈妈很早就去世了，家里只剩爸爸和姐姐，姐姐上半年出嫁了,爸爸一个人退休待着很寂寞。但是来上海是一个很好的机会,而且公司也许诺过将来会给他更好的发展空间,他就准备过来待个几年了。说了几句之后静山来交代事情,说下午去哪几座寺庙,晚上住山上,明天再怎么走。他们都说好。

一路往山上走的时候天气很不错。道路宽阔,树不少,花的颜色也很鲜艳。许多私人旅馆的老板站在马路边沿拉客,一般都是上了年纪的妇人,说家里又干净又便宜,还有热水洗澡,如果饿了也可以在自家的馆子里吃饭吃面。她问静山要不要把住的地方先找好,静山说这里太矮了,走到山上再看一看。他们就一直走,渴了喝自己带的矿泉水,还在小卖部里买过两支冰棒。没过多久到了庙里,她看看左右,烧香的人很多,成群结队地背着黄袋子。东东走得很快,已经帮他们把香都买好,一人分了一捆。不对,不能叫买,应该用请,她握着请来的香,准备一座菩萨一座菩萨地叩拜。

让自己伏下身去,放弃所有的姿态向某样东西俯首称臣真是一种新鲜的感受。她先是学着所有人的样子,在大殿外面的院子里把香点燃,两只手握着贴近额头,闭上眼睛拜四面八方。香炉里的青烟都升起来,周围的人喃喃自语,她忽然觉得气场非常的安静平和。然后许愿,告诉菩萨你想要的东西是什么。她隐隐觉得这样是不对的,人总是摊开手掌向外界索取,求神拜佛也总是要一些俗事俗物,而不是出于虔诚的宗教信仰。但是处在这个气场里,她只能承认自己也是俗人里的一个,她确确实实是为了某个明确的目的才坐着渡船过来的。既然来了就不要害羞,她迫使自己在心里把想说的话说出来,还默念了两遍,然后鞠三个躬,把九支香扎进布满香灰的香炉里。

接着就进到大殿里了。香客一圈圈地顺时针走,她跟在队伍的末尾一起走着。她看见小童和静山一起,在殿门口摸一只石狮子的身体,还有很多其他人也在摸,导游说摸了以后能怎样怎样。东东不知道在哪里。很快就转到大殿的内部,左面右面和中间都有菩萨,她逐一地走过去,趁垫子空下来的时候跪上去,磕头许愿,然后往功德箱里丢几枚硬币。仅仅在这座庙里,那个愿望就被重复了八九次,她想菩萨一定会听烦了,说知道了知道了,需要说这么多次吗,我又不是耳聋。菩萨也不是那么好当的,首先要有很好的记忆力,每天成百上千个人呐,要一一记住他们的名字方位和希求的事物,不能混淆,也不能办不好。然后还要训练自己,在听到悲伤不平的时候不能落泪,看见人间贪欲的时候也不能厌恶离去。

从大殿里出来她就与他们会合。东东已经回来了,小童和静山还在石狮子那里。小童在翻口袋找硬币,说前面那个塔还是柱子,上面有孔洞的,谁能够把硬币丢进去,接下来就一定能交好运。塔有好几层,丢得越高运气就越好。静山在旁边很包容地笑,把口袋里的硬币都翻出来给她。东东也找了几个,分了两个给她,他们一起丢。小童的都砸在中间,落下来掉到水池里。她的经常丢歪了,掉在地上被跑来跑去的小孩子捡去。

东东倒是丢中一个，不过不是最上层，是中间一层。小童很高兴，说东东你要交好运了，中等的好运。然后挽着静山的手臂哈哈大笑。

还有几座寺庙在山上，天色却渐渐晚了。静山说今天就到这里为止吧，找一个住的地方，明天再把其他地方走完。站在路边拉客的妇人还是很多，他们跑去问价格，不算贵，就跟着一个面目慈善的中年阿姨走了。她家在几栋小房子的中间，一个大堂屋，摆两张床，隔壁是洗手间。他们说这可不行，四个人住一间屋子太难受了。阿姨又带他们去另外一个地方，说是自己的弟弟开的。满腹狐疑地四个人又跟着去，这次倒不错。两间屋子，中间有浴室，互相不影响，只是价格贵些。那就这样吧，静山同意了，反正也相差不了多少钱，住得舒服一点。大家都听他的。

天彻底暗下来。静山和东东住东边，她和小童睡西边一间。平时静山和小童也是分开住的，静山租住在浦东，离上班的地方近些，小童还和家里住在浦西。她问过小童为什么两个人还不结婚，小童说静山一直没提。到底也八九年了啊，她替小童算算。但是人家不急，她一个外人也不好说什么。男人们跑过来敲门，让她们两个先洗澡，洗完之后再换他们。晚上有风，四个人穿着旅馆里的拖鞋，跑到隔壁的馆子里吃饭。馆子门口排着好多装海鲜的木盆，那个阿姨也在店堂里跑来跑去帮忙，原来又是自家的生意。在这个岛上自给自足过过小日子真不错啊,她说,小童说是啊,但是不知道日子久了会不会寂寞。还可以吧,静山接道,就看每个人想要的是什么了。她想要什么呢,她一边喝着静山点的啤酒,一边想如果让她来这里待几年,她会觉得很开心呢,还是根本过不下去。

然后东东和他们说起自己的童年。说威海那地方的海是什么样的,他从小就有海鲜吃可是对海鲜过敏,直到现在都不能吃海腥气的东西,一吃就长红点。他们笑着给东东加了两个炒菜,又把海鱼和螃蟹都分食光了。店主养的老黄狗一直在客人中间穿来穿去,现在蹲在桌子边上望他们。

晚饭不久就吃完了,大家回房睡觉。晚上下一点点小雨,她听见雨声打在走廊外面的玻璃窗上。但是隔着门和走廊,听得又不是很清晰。她迷迷糊糊地睡着了,和小童的聊天自然就中断了。半夜醒来,不知道是几点,朦胧中好像看到小童那半边床上没有人。想爬起来仔细看看,又困得看不清,月光细微的影子落在床单上,小童又好像在那里。不管那么多了,继续跌进梦里,再睁开眼睛已经是早上。

小童已经起床,和静山两个人在门外逗狗玩。不是昨天那只老黄狗,这里狗多,也分不清哪一只。狗趴在地上,脑袋一顿一顿想舔小童的手指,小童把手指抽开,它就踮起前脚要站起来。东东看到她过来了,让她去吃早饭。他们都喝了粥,一会儿准备早早地去山上的寺庙。大家说好赶晚上那班船回去,所以不用再住一天,她就收拾好行李都背在身上,跟着静山往山上走。

那条路可真长,不过要看跟什么比。一般去比较远的地方旅行,尤其是有山的地方,走几小时的路她都会觉得在意料之中。但是她没料到普陀也有像样的山路,可能是因为这里太近了,真正的旅行都在远方,一两个小时就能到的地方,想象里应该是和去家附近的公园玩一圈一样轻松。四个人沿着石阶爬了很久,每次她都佩服凿石阶的人,在深山老林里一级一级开凿出人可以攀爬的阶梯,那需要多少时间,要忍受多少难耐的寂寞啊。人和人真是不一样,有的人一辈子就是在开凿石阶里过完的。想到这样的事情,她总是浑身起鸡皮疙瘩,不是冷,不是害怕,而是有一种说不清道不明,宇宙茫茫的感觉。

小童已经撑不住了,停下来歇了好多遍。静山也停下来陪她。她和东东站在石阶的上方看着他们。小童说不舒服,想把早饭都吐出来,静山就拿着塑料袋子在旁边等着。憋了一会儿,好像也吐不出什么,大家就继续往山上走,但是静山的袋子一直没收回去,牢牢地攥在手心里。她想要是自己也能找到一个像静山这样对自己好的人就好了,但是不知道为什么一直没找到。又想起有一个大学同学曾经在她的博客上留言,说这不是找能找来的吧。不是找来的,那是怎么来的?遇见的,撞见的,还是像流星坠落那样早就预定好了轨迹,几百年前就远远等着发动的那一个瞬间。

雨又微微下起来了。好不容易到了平坦的地方,四人不知道那里是不是就是山顶。前面有一座牌坊一样的拱门，里面有羊肠小道，进去就是寺庙。他们坐在拱门旁边的花坛上休息，似有似无的雨水打在脸上，反而觉得非常舒服。人群忽然让开一条路，原来是一个和尚来了。也许是和尚，也许是修行者，眉目非常清秀，剃着光头，几乎看不清是男是女。背着非常少的行囊，像书上看到的那样一路磕长头。这样的景象也许在西藏、云南，或者宗教气息更盛的地方会多一些，在这里也是不常见的。大家都屏住呼吸，看异类一样看他，但眼睛里都有一种崇敬。他伏下，磕头，又起来，非常工整而认真地完成那一套动作，慢慢往前走，终于到了拱门那儿。地上浅浅的水渍湿了他的前衫，他去小卖部的水龙头前洗手，又兜起一捧水把脸洗了。大家都让开一点距离，有人在拍照，他却是若无其事。洗完之后歇了片刻，继续往庙里去了。她看得说不出什么话，只觉得神清气爽。

　　小童这时候也好了一点，拨了手机和家里打电话。昨天晚上睡觉前就打过一个，家里说外婆还在医院，情况没什么变化。这时接电话的可能是她妈妈，小童用上海话说了半天到这里的情况，说给外婆许愿了，还让菩萨保佑全家健康。那边又絮絮叨叨说了一通，小童隔着电话听着，不住点头说知道了，又让静山听。静山也说了几句，才把电话挂了。小童转过来跟她说外婆情况不坏，医生说下个星期可以出院，但是年龄大了，也不能保证以后是好是坏。她记得小童的外婆，以前去小童家做功课，她外婆总是会拿一把蒲扇坐在院子里，冬天就在膝盖上盖一条毯子，毯子里捂一只暖壶，但是还是要坐在院子里，因为院子里有阳光。她们功课做得差不多了，外婆就从荷包里拿两块钱，让她们去弄堂口一人买两只油墩子吃。

拜完最后一座庙，她坐在接近出口的一棵大树底下等他们。虽然是各自拜各自的，但四个人好像总是有默契，不用打电话也不用找来找去，总可以在某个地方会合。东东先来，站在旁边递给她一瓶水，她拧开盖子喝着。东东说，看那里，有松鼠。她转身看，游客都一惊一乍地指着，说有两只小松鼠窜来窜去。因为以前养过松鼠，知道这小东西非常臭，在装着转轮的笼子里跑来跑去让人不得安宁，最后几乎不知道该怎么处理才好，所以她对松鼠没什么感觉，十分平静地看着。东东倒好像很感兴趣，掏出相机拍，还跟着走到树的另一面找一个更好的角度。树干很粗，遮住了他的身子。

普陀之行快结束了。他们回到前一天下船的地方，买了快轮票原路回去。在路上看到许多人都抱着纸包吧唧吧唧地吃着什么，他们好奇，发现售票处旁边有一个地方排长队。走近了看，原来是卖现做的鱿鱼丝，价格不贵，味道很鲜，除了东东，大家都买了一些。小童买得最多，说要直接去医院，给候在那里陪夜的亲戚们分一分。她觉得一边烧香拜佛一边大吃海鲜好像不太对，但是也顾不了那么多，还是买了两斤。

回去以后，日子很快就回到寻常。小童和静山不是常常见到，加了东东的MSN。东东头两天常找她说话，她也有问必回，但是心里最挂念的，还是那个愿望到底什么时候实现。过了一段日子同学聚会，因为以前都是一个学生社团的，她也叫上了那个学长。学长说最近很忙不是很想来，难得有一个休息天想在家里待着。她不太高兴，后来听同学说，学长交女朋友了，才彻底感到失落。

不知道和谁说。她就点开MSN，问东东上次许了什么愿望。东东说不能说出来，说出来就不灵了。她说好吧，闷闷不乐的样子。东东说晚上一起吃饭吧，她有点诧异，问要不要叫小童静山。我们又不是非要四个人一起行动的，东东说。她好像感觉到什么，默默然答应了。

再见面，觉得东东似乎和上次长得不一样了。但具体哪里不一样，她也说不清楚。东东请她吃云南菜，点了她喜欢的蘑菇和鱼。她问起静山，东东好像不是很愿意说，没几句就说完了。倒是更愿意说他们自己的事情。她感觉到东东对她有点意思，因为第二天东东给她发了那次去普陀山的照片，有十几张都是她的侧影和背影，不知道他在什么时候拍的。又见了几次面，阴错阳差地，这两个人倒开始谈恋爱了。

小童和静山知道以后非常高兴。小童说普陀山真是一个好地方，它的灵不仅仅在于有求必应，还有额外的赠品，帮助你促成自己都没有想到的好事。小童想起来那次东东扔硬币进了塔孔的事，又说东东运气真的好，不应该进中间的孔，应该是最上边的，因为他得到了多好的一个姑娘啊。东东就傻乎乎地笑。

那大半年里，他们四个人经常一起出去。虽然跟小童是好朋友，但她们原来的联系也不是那么紧密。现在不用计划也可以经常碰到了，她下班早，到东东的公司又不远，就坐着地铁去等他下班。东东的办公桌和静山在同一个大房间里，每次去静山必在，就约好了去接小童，四个人再一起吃饭。他们把小童公司附近大大小小的饭馆快吃遍了，慢慢又换到她公司附近，轮换着吃。东东对她还可以，虽然三四个月以后，她觉得他没有以前那么热情了。但是平平淡淡的也没什么不好，小童和静山就挺好的。小童翻日历算着，五月份要再去普陀山，她说他们头一年说过的，要连去三年，动了念不可以半途而废。她也没什么异议，虽然当初那个愿望没有实现，不过变相的，好像菩萨也给了她一个爱人。她知道未来说不清道不明，但是暂时的温暖也比没有好吧。他们都同意，到五月要再抽出一个周末，避开五一那几天，再上普陀。

春天很快就过去了，大家好像没什么大变化。小童的外婆从医院里出来好几个月了，能正常吃饭，就是行动不方便。她和东东也进入了稳定期。他们好像跃过了磨合期，一下子就掉进平淡了。但是什么叫磨合呢，不断地吵架，妥协，互相控诉吗，想想也挺累的，她宁愿像现在这样。但是日子好像没什么波澜，每次约会就是吃饭聊天，有小童和静山在的时候就聊聊大家都知道的事情，不在就说说他们自己和周围其他的人。吃完饭以后去公司给他租的房子，听听音乐然后做爱。完了东东就送她回家，有时候太累了，也让她自己打车回去。因为她没告诉家里她恋爱了，爸爸妈妈是很传统的上海人，不喜欢女儿找外地的。

到了四月末尾，小童的外婆忽然又不好了，再一次进医院，静山每过几天就去看她。外婆对静山太熟悉了，早就把他当作外孙女婿，但到后来谁来都看不见了，也说不出话，只能在床上奄奄躺着。又过几天，她听说外婆过世了，在一个夜里静悄悄走的。小童给她打电话大哭，她在电话这边也很难过，她的外公外婆爷爷奶奶都健在，所以也不能很确切地体会到亲人离去是什么感觉。只是听小童哭成那样，心里不免揪成一团。她就半信半疑地说，会有另外一个世界的，小童，外婆会去那里。

伤心都是有它的规律的，过了一两个星期，办完葬礼，小童也渐渐平静下来。他们都没有提去普陀的事。到五月的最后一个星期，小童忽然说，差点忘了去普陀了，决定立刻行动。她问小童，你去年许愿让外婆病好，可是她还是去世了呀。小童说不能这样说，事情要往好的方面看，外婆这种病是很痛的，可是她走的时候那么安详，菩萨已经保佑她了。普陀山还是要去，人许下了诺言就一定要实现，否则谁也帮不了你。她说好吧，反正我和东东都可以。

还是去了，和去年一样的路途。四个人有了上一年的经验，这次在超市里买了鞋套和一次性雨衣以防下雨。还换了足够的硬币，一毛一毛地装在一个小袋子里。东东带了两本军事杂志，她只在包里放很少的衣服,不想像去年一样沉甸甸背在肩上。

同样的地方,感受却是新的。她去年没有注意到原来中间坐轮渡的时候,还会有录像带放普陀山的介绍。说是日本高僧想把一尊观世音菩萨像带回日本,船到普陀山却怎么也走不过去了,稍一开动就狂风暴雨,反复几次以后意识到这是天意,就决定留在岛上。所以这里才会被叫作观音道场,还有一座"不肯去观音院"。她细细听着,回想去年放这部宣传片的时候她在干什么,却怎么也想不起来。想问东东有没有看过,一回头看到他靠在旁边的座位上打盹。

静山说还是照着去年的路线走,也可以倒一个个儿,换一条路线反过来走,问他们想怎么样。小童说没关系,都过了一年了对路线也记不太清,走重复的也不会觉得无聊。况且他们是来烧香的,不是为了好玩。她也说这样保险。最后大家就决定继续按照去年的程序把普陀山再走一遍。

没想到傍晚找住宿的时候出了问题。一路上还是有中年妇人候着,但是他们从庙里出来,决定先吃点东西,才一碗面的样子,这群人就不知道怎么回事全都散了。有几个老人在路边乘凉,他们上去问,老人说时候太晚了,私人旅馆怕是都住满了。四人都觉得不可思议,去年好像也是差不多的时间,还有一大群人上来招揽生意呢。老人建议他们去一条商业街看看,说店铺的二楼往往会有些空余房间。他们顺着他指的方向去,果然有一条街,卖各种各样花花绿绿的小玩意,人声嘈杂。静山和东东去打听住处，她和小童就进店里看看。有一对夫妇在买玩具，是一只会下蛋的铁皮公鸡，她们小时候都玩过的。店主把蛋塞进鸡肚子里，告诉他们要用怎样的手势：看好了啊，要横着进去，知道吗，竖着进去就难产了！中年夫妇连连点头。她觉得好笑，在旁边笑着，小童也抚抚这个，弄弄那个。这时候静山进来，说住处倒是有，也比外面便宜几十块钱，可是不能洗澡。走了一天大家都出汗了，她和小童都觉得没法接受，就说再找找看。可是一整条街都是这样的，二楼的房子都没有独立浴室。天又暗了一些，他们站到街的尽头，不知道该怎么办。

这时东东出主意，说普陀山上好像有一座星级宾馆，价格贵点，但毕竟能洗澡，要不打电话问问。他们用手机上网，找出宾馆电话，才发现已经八点多了。一个房间要五六百，确实有点贵，但气人的是也住满了。他们觉得莫名其妙，这么多人都是从哪里涌出来的，竟然把一个个黑暗里的小屋子都填满了。路上已经暗得看不见自己的影子，静山说不行，还是回商业街住吧，顶多不洗澡了。大家都有点扫兴，走着走着，她看见路那边有一丛灯光，亮闪闪的，在山和树的掩映下显得非常奇异。她说不知道那是什么，静山听到有人声，说可能也是商业街。她就说去那看看。大家都很随和，九点多了还没有栖身之地，竟然也肯跟着走。

越走越近，发现是一排灯泡发出的光。灯泡下面是搭建出的一长溜小摊子，还是卖杂物和特产。她看到一位正在大声说话的阿姨，就迎上去问，附近有没有住的地方。阿姨说没有，旅馆都不在这一片。她刚刚失望要离开，阿姨又说，不过里面有一座禅寺，就是不知道留不留女客。他们觉得有转机，赶紧走进去。

禅寺很安静，也有很多外来的住客，好像是提前一天住到这里，隔天早上要上早课的。他们去接待处打听，负责接待的和尚把他们上下打量了几遍，说房间都已经预定出去了，明早要来人的。他们说只住一晚，早上就离开，和尚不置可否。门口有一个蹲着喝茶的人这时候说话了，要不去我那里住吧，但是不能洗澡。他们一听，好歹都不能洗澡，价格也差不多，这次反倒同意了。那人收起茶杯，把手背在后头带他们绕了几条路，终于到了他家。两个房间有点旧，洗手间在外面，没有浴室，窗下有一只水龙头。折腾到这个时候已经十点，他们草草付了钱，即刻入睡。

这一次是她和东东住一间，小童和静山住，情形已经和去年不一样了。躺在别人的床上她有点缩手缩脚，几乎也没有和东东彻夜同床过，她有点不敢碰到他的身体。东东把一条腿压在她的腿上，她觉得膝盖窝里湿湿的，流了点汗，但也不想叫他拿走。不知道是有点紧张还是害怕。可是怕什么呢？闭了一会儿眼睛她听见外面有狗在叫，可能就是进寺庙时蹲在门口的那只狗。东东翻身过来抚摸她。她静静候着，不知道他是摸摸而已，还是想进一步做什么。也许他自己也不太清楚，静静地摸了一阵，可能同时也在理清自己的欲望。过了一会儿，那只手终于有了意志似的，让她知道了他的意图。她有点想，但是想到不远处就是寺庙觉得不敬，就轻声说，今天还是不要了吧。东东停了一下，在她耳朵边上迟疑地呼吸，然后说好吧，就翻身过去睡了。月光很亮，透过窗帘照进她的眼睛，她看到窗框上面有锈迹。过了很久还是睡不着，想转身抱他，但是他已经开始打呼了。这是她第一次在外面和他过夜，以后不知道有多少这样的夜晚，如果他每个晚上都这样背对自己，那该是多么落寞啊。可是日子也许就是这样过的，想想世界这么大，从他们现在躺着的这个小屋子，扩散到整个普陀岛，再扩散到地球上所有平凡夫妇居住的土地，人们都是这样过的吧。她又感到了那种说不出来的茫茫无措，可是也正因为这种茫然，很快就入睡了。

醒来已经天亮。看一眼东东，他平躺着微张着眼睛。见她醒了，就笑嘻嘻地靠过来，和她挤在同一个地方。她说别这样，以后机会多得是，可是东东什么也不说就是亲她。亲着亲着她也不说话了，结果还是晚节不保。结束以后她很懊恼，觉得浑身上下充满负罪感，东东倒若无其事到门外刷牙去了。她还躺在床上，用别人的被子遮着身体，有一种非常恍惚的感觉。她听见东东在院子里和静山打招呼的声音。吃早饭的时候，她只管往嘴里塞馒头，也没有抬起头来看静山和小童。

到中午心情终于好了一点。他们去最高的山上拜那座直入云霄的南海观音。还在下面走的时候她就望见了菩萨的金身,垂下的眼睛看不清神情。他们和众人一起找地方燃香,香炉里旺盛的火苗把手指都烧痛了。山上风大,把香上沾的火越吹越燃,大半把香都变得火红通透。她一边背着风挡住香,一边任凭头发往前乱飘。火终于熄下去的时候她闭上眼睛,面对庞然大物般的观音默默地想:菩萨,谢谢你去年怜惜我,赐给我一个男朋友。你觉得我们在一起好吗,他是最合适的那个人吗?如果是,就请你保佑我们好好的,如果不是,我愿意听从你的安排与发落。

回去的时候,照例还是买了鱿鱼丝,只是今年排队的人不像去年那样多了。

接下来的几个月里,她一直观望,不知道菩萨听到了她上次那个问题,会怎样安排后面的路途。她尽量让自己不太主动,当然,原先也不是她主动的。但是自从东东不主动之后,他们之间好像缺少了一种原动力。夏天过去了,天气慢慢变凉。东东嫌麻烦,平时下班后已经很少来找她,她也不再经常到他的公司去。两个人各自做自己的事情,各自吃晚饭,然后在睡觉前打一个电话。后来电话也不打了,改成发短信,没什么好说的,就发一个晚安。她想起自己大学时最讨厌男孩子每天道晚安,觉得无事找事非常无聊。可是现在发现,能这样无聊至少说明还是有意愿的,如果有一天连无聊也不高兴了,那可能真的完了。白天有时聊MSN,有时不聊,周末见一个面,主要内容就是做爱。东东在MSN上倒是很活跃,经常见他改签名。以前她还挺好奇会去问他，现在也没多大兴趣，不是很愿意每改一条都凑上去问原因了。

　　到了十一，东东要回老家探亲，问她去不去。她没想好，就用一只手指在东东放在桌子上的A4纸上磨来磨去。东东说姐姐要跟姐夫住到日本去了，没有人照顾爸爸，他打算跟公司申请还是回威海去。她心里一惊。东东也没有看她，继续坐在沙发上抽烟，她装作没什么的样子问，你是想一直待在威海吗？东东说可能吧。以后都待在威海？东东说也许吧。她不知道该做出什么反应了，觉得有点好笑，有点荒谬，又似乎有不甘心受骗上当的感觉。可是奇怪的是，不知道为什么在那个瞬间，她忽然感到一阵轻松。爸妈问过好几次她是不是有男朋友了，她都说没有。她知道非常不可理喻，可是要一对上海寻常人家的父母接受外地女婿已经很难，如果让女儿嫁到北方去，几乎是不可能的事情。她觉得自己自私，但是东东无私吗？感情里至少有一个人应该是无私的吧。

　　那时她就知道不可能是她。

　　你去不去？东东问。她摇摇头。哦，东东没什么反应，那你十一怎么过？

　　再说吧，她回答。

　　整个十一他们都没有联络。她知道有些事情发生了，在心里有一点点烦乱的时候她就想，是菩萨替她做出的决定。这样一想倒安静了。长假结束回公司上班，她看到东东又改了MSN

签名：手机丢失，请告知电话。她犹豫了一下，点开对话框，后来又关上了。

他们就这样失去了联系。

因为不再见东东，顺带着她也很少见到静山了。元旦的时候有一次中学同学聚会，恰好她们公司去北京办年会，就错过了。回来以后听人说，小童和静山分手了，她简直当笑话听。但是转念一想不对，不可能平白无故开这种玩笑，赶紧打小童手机。没人接。再联系静山，说小童去香港出差了。听他的口气好像两个人还是好着，因为他说起小童还是和往常一样，一点也没有难过或者不自然。于是她不知道该不该问，沉默在那里不说话，静山也不说，一时间有点尴尬。后来她说，我听说你和小童……你们搞什么啊？那边静止了几秒，她听见静山用非常镇定的声音，告诉她是真的。

她没有想过他们也会分手。两个从少年时代就开始相携着往前走的人，所有最纯洁的梦都是和对方分享的，连脸上长出第一颗青春痘和第一条皱纹都是对方先看到的，她没有想到这样的人相互之间也会有罅隙。那时她真想哭啊，她想小童一定哭死了，但是静山说他们是很平静地分手。为什么呢？她问。也没有为什么，静山说，以后再说吧，就挂了电话。过了好多天，小童的MSN头像终于亮了，她追上去问这问那，小童笑笑说是啊，分手了，十年的感情结束了。她问怎么会呢，小童说你和东东不也分了吗？她说这怎么一样啊，我本来就没有多喜欢东东，打发一个人的寂寞罢了，你们是不一样的呀。有什么不一样，小童说，我们也有你不知道的问题。什么问题不能解决呢？她问，你们都跟一家人一样了呀。小童呵呵笑着不肯正面回答。她觉得心里真凉。

眼看着就五月了。她想起去年，想起前年，三年去普陀的约定还没有兑现，人却已经散了。她记得小童那天在电话里急切切地说，人许下了诺言一定要实现的，否则谁也帮不了你。不知道她现在怎么想。那么菩萨帮助我们了吗？她问自己，也许帮了，也许没有，也许帮了也不会显现出来，也许没帮人却在那里自以为是。她不知道应该跟小童还是静山更亲一点，因为她任性地觉得，他们之间提出分手的那个人就是坏人，不仅仅对他们两个人的关系不负责任，也是对所有看着他们一路走来，还相信爱和陪伴的人不负责任。所以哪一天如果让她知道是谁对不起这段感情，她就不理那个人了，无论是静山还是小童。但是她又觉得自己可笑，大家都是一样的人，凭什么可以纵容自己的自私，却要求别人纯洁高尚。

静山在电话里告诉她，东东回威海了。她嗯了一声，没有多问什么。静山说他的运气还是不错，回去以后就升了一级。她想那么菩萨还是挺准的。静山说五一去哪里呢，她说在家待着。静山说不去普陀山了吗，她说人都不全了，去还有什么意思。静山说去吧，本来就没有什么全不全的，人都是一个人来一个人走，只要自己还在，就是全的。

这次他们没有在汽车站等来等去，反正就两个人，说好时间一下就找到了。她说不清自己的感觉，想问小童最近在干什么，可是又告诉自己不要问。静山看起来不是很高兴，但也没什么不高兴，面部表情非常平静，还是像往常一样，带头在前面走着。她想起中学的时候，静山老是让她抄作业，她不会做几何题，就在上课前把静山的本子拿过来，藏在课桌下面，照着上面的样子偷偷画辅助线。小童那时候数学挺好的，其他也挺好，就是一个很乖的女孩，不太和男生说话。不知道他们后来是怎么变成情侣的。世界上的一切都非常神秘，有时候让人觉得美丽，有时候又纠缠不清。她很希望所有的关系都简简单单，人可以放下自己，不要有那么多弯弯绕的小心思。可是她做得到吗？就从她自己开始。如果不行，又有什么资格要求别人？

还是那一些路。静山说我们住头一年来的那个旅馆吧，你记得在哪里吗？她说不记得，但是旁边好像有一家小饭店的。他们沿路慢慢走着。还是有许多花，矮矮的妇人夸自己的住处多么干净，便宜，而且就在隔壁。他们笑笑，都不说话。看到一个很眼熟的，跟前年那个带路的妇人长得差不多，他们跟着上去，却发现房子变了。静山问，你有没有一个弟弟，也有出租的旅店，自己还开着一个小饭馆的？妇人说没有。她问怎么办，静山四下看看，说算了，就住在这里吧。

还是那些菩萨，还是那些庙。但是握着香的时候，她觉得心里空荡荡的。不知道该许什么愿,三年的人事变化,让她惊讶,但也很自然。天地在顺着自己的意志往下延续,而他们只是其中那么微小的点。身边这些许愿的人,有时觉得他们可憎,有时觉得他们可怜。不知道菩萨怎么看她。也许根本就不看。香燃了快一半,她还在那里浑浑噩噩,胡天胡地,脑中空无一物。

吃过晚饭,静山敲她的门来找她聊天。屋子里暗,他们搬了椅子坐到院子里去。像前年一样有点晚风,他们有一搭没一搭地说着什么。后来静山说白天看到一个修行的人,也像前年那样三步一磕头地往山上走,问她看到没有。她说没有。她问静山,你觉得菩萨灵吗?这几年来你都许了什么愿呀?静山说,所有的愿望无非都是一句话,希望过好日子。什么是好日子呢。静山说,好日子嘛……就不再说下去了。她又问,你会不会触景生情?难免的,静山说,比如就算我以后再也不来这里了,吃到好吃的鱿鱼丝的时候还是会想到普陀山。她哈哈笑了。你说菩萨会满足我们的愿望吗?会的,静山说,我们都来三年了嘛,怎么都混了个脸熟。她又笑。

第二天往最高处爬的时候,她低头数着脚下石阶上的莲花。数着数着,忽然看看天,发现南海观音就在前面。但是发生了非常奇怪的事情,她看到的菩萨的脸是玉色的,也就是说,去年见到的金身菩萨,在遥遥的树丛后面,变成了一张温润的玉面。她想叫静山看,静山在给旁边问路的阿姨指路,再回过头,又望不见了。她什么也没有说。等他们到了山顶,从正常的路途走过去，菩萨又在那里，安宁，平和，金光熠熠。

回去的船上，她把一张普陀景区的地图折好，放进包里。静山望着窗外，她也望过去。滔滔海浪，流逝不息，她在心里跟这里告别，说不知何时再来。夏天过去以后是秋天，秋天过去以后是冬天，明年的这个时候，我们会在哪里？

2012年

宇宙的玄机

他是半夜两点打开门的。咔嗒一声,锁开了。她在书房里有点慌张地问,谁?他走进来,看到她正在打游戏。连连看,不用动脑筋,最容易把自己放空。她从八点开始填美国签证的160表格,因为超时两次,到十二点才断断续续填完。虽然还有一大堆事情等着做,但她什么也不想,只想点鼠标左键,把三只猴子或三只猫的脑袋连起来,发出喵的一声然后消失。

他一进门,她就把游戏关了,不能像在自己家一样放松。他说你怎么还不睡觉。她笑嘻嘻问,你怎么来了?每次喝完酒,他总是回另一个家,有老婆和孩子住着的那个。他说我是来检查你有没有按时睡觉的。她笑着又关了电脑。

他去洗澡,她跑到厨房,把锅里剩余的粥转移到碗里,放进冰箱。上一次用保鲜膜的时候,不小心从中间撕开了,然后怎么都没法让两边平齐,撕出完整的一张。于是她只能把锅盖盖在碗上。他不在的时候厨房真脏,她想。

浴室传出水声。她敲敲门,进去刷牙。看见他站在玻璃后面,水溅在裸露的身体上。他说话了,用的是平时很少使用的句式,我有一个梦想。她一边刷牙一边笑,问他是什么。他说要建一个视听室,专门用来听音乐。原来晚上去朋友家喝酒,见到人家的视听室很不错,小孩子心理发作,也想要一个。她含着牙膏笑他,男人就是男人,弄一个视听室也要用"建",好像是从地基开始,一点点把一个房子盖起来。他说是的,表情好看极了,喝完酒之后他才这么快乐。

然后她也洗澡,洗完一起去卧室。好多天没和他在一起了。他紧紧抱着她,嘴里有酒味。酒味好浓,她说。当然了,他回答。身上烫烫的。

那个朋友有个很有趣的叠名,离婚了,和女朋友一起住。吃饭时说起几年前看过的一部电影,几个人起了争执,朋友不帮女友反而帮他,女孩急了。当时就让我想到你,他说。因为这几天例假,她好像总在发脾气。昨天下午不高兴,直接开门从车上跳下来。她没有接话,问还有什么人。本来老婆也要去的,他说,后来有事不去,朋友的女友倒很高兴。你是在暗示她看出了什么吗,她问。对,女人都有直觉。

说着说着快睡着了,但是他的手一直不停。她感受了一会儿,转过身去抚摸他的。已经很硬了。可惜,她说,今天不行。你想吗,他问。想,但是不可以。他说那就好,我还以为你从来不想。怎么会呢,她在黑暗里说。

入睡时已经快四点了。她感觉到他去客厅抽了一支烟。半夜醒来一次，上完厕所回来他在打呼。但很奇怪的，刚刚躺到床上，他就迅速把被子飞到她身上，盖得正正好好。然后用手臂揽过她，酒味浓重地在旁边呼吸。她想想好笑。他平时睡觉不喜欢被人碰到，看来是醉了，转身的时候手臂挥来挥去，肯定是醉了。

早上十点醒来。不知道为什么，她觉得这几天自己一直在皱眉，好像很疲惫的样子。也许是烫了头发。这两件事情没有直接联系，但是烫了头发多多少少会让人觉得疲惫。换句话说，会让人变老。她把他前几天扔在脸盆里的黑毛衣放进洗衣机，还有自己的袜子和内裤，然后去厨房洗碗。他刷完牙坐在沙发上，看样子还没有完全醒来。

地上真脏。过完年从家里回来她就注意到了，积灰的地方踩出一个个脚印。那几天老婆孩子旅行去了，他独自住在这里，在她回来之前把客厅的地板拖过一遍。但是男人做事，你知道的。她没有说什么，他有兴致打扫卫生她已经很高兴。这几天很忙，过年时中断的工作要重新拾起来，补写两份总结和展望，还在准备美国签证，所以对灰尘也就视而不见。

洗完碗是十一点。她问他今天的安排，他说要去工作。她把粥端出来，准备热一热然后继续弄资料。要进公司系统填表格，申请在工资证明上盖章，还要打电话预约面签时间，再看一看昨天提问的帖子有没有回复。这时他问她想不想出去吃饭。和他相处的机会让人很难拒绝，她犹豫了一下，还是说好。

她说想吃比萨。搬到他这里半年，她几乎没有吃过比萨和火锅。这种大分量的东西，一个人去店里点一桌会很奇怪。他想到有一家西餐馆比萨做得不错，但就在他家附近，会遇到很多熟人。我带你去另一家，他说，那里有很正宗的意大利比萨，上次请朋友吃饭，喝酒花了两千块。

她听不太清后面在说什么。只觉得自己是生活在暗处的。前几天回大学听讲座，主讲人用嘲讽的口气调侃深圳二奶村，底下一片哄笑，连那些听不懂中文的外国学生在交头接耳之后都笑眯眯心照不宣。她也笑，但不知道自己在笑什么。每个人的情况不一样，她在心里说。然后很惊讶地发现，不知不觉之间，她已经把位置放到了大多数人的对面。她从来不觉得自己是那样的，事实上也有很多理由和借口，可是心不听那些。而更奇怪的是，她好像变得麻木了，这些话影响不了她。

然而还是有一滴眼泪掉下来。她在卧室换衣服的时候，把眼泪擦在毛衣蓝黄相间的横条纹上。他很敏感，经过旁边时特地仔细看了看她的眼睛。她装作没什么的样子，把毛衣套在身上。他不喜欢她哭，她知道的，况且也没有发生什么。

就去那家酒很贵的意大利餐厅。他开车，她絮絮说着什么。没来由地，坐在他身边时很容易想到，有一次她从机场回来，说想吃黑巧克力，他从背包里拿出五块，不同牌子不同味道，就是在这个角度这个姿势，从左边递过来给她。其中有一块到现在还没吃完，放在她和朋友合租的那间房子的冰箱里，而自从和他认识之后，她再也没有回去住过。她们很高兴，早上少了一个人抢厕所。但也问她，怎么不把你男朋友带过来看看。

餐厅里人不多。左边是小小的吧台，中间几排桌子，右边是开放式厨房，厨师把客人点的东西现场做出来。脱了羽绒服他们开始看菜单，她想吃玛格丽特比萨，炸奶酪，煎牛柳配薯条。他警告她说，煎牛柳是一道主菜，端上来很大一盘，她肯定吃不下。那就换成炸薯条和烤鸡翅，她说。这时左边来了一个爸爸，带着一个眼睛平平呈一条线，看上去像韩国人的小女孩。她看着她，想起前两天以为自己怀孕了，问他怎么办。生下来，他说。

还好来了例假。事后她发短信问他怕不怕，他说当然怕。不过她还是很感激，他没有粗暴地说，去打掉。

她摸摸自己的领口。

有一个蝴蝶结。她突然意识到，刚才在卧室把眼泪擦在衣服上的时候，不小心把毛衣穿反了。蝴蝶结应该在后面才对。同事经过她座位的时候经常开玩笑，悄悄一拉把蝴蝶结拆开，惹她生气再嘿嘿笑着帮她绑好。她一下子觉得很窘迫，起身就去厕所。他在后面追问，你点什么，到底吃烤鸡翅还是煎牛柳。随便，她扔下一句。

看见自己从镜子里一晃而过。不敢细看，散落在胸前的头发好像把领口遮住了。她走进隔间，飞快地把衣服脱下来，转一圈再穿好。摘下帽子理了理头发，静电，一根根都吸在脸颊上，赶也赶不开。

上完厕所出去。洗手时还是没有在镜子里注视自己，只感到一团模糊的影子，黑色的，面目不清。

回到座位上，她觉得有什么不对劲了。屋子好像比之前暗一点，阳光收起来，灯还来不及打开。右边桌上喝汤的男孩现在斜躺在一张空座位上玩手机。他已经点好菜，在对面喝水，因为开车暂时不能碰酒精。是发现了还是没有？从眼神看不出来。她挪了挪椅子，把嘴唇贴近杯口。这两天他脾气不错，她心里知道，容忍她耍耍小性子，来看她的时候还买了盐和橙汁。但因为这件事情，也许还有疲惫，她开始心不在焉。邻桌的女孩一点也不好看，但她一直看她，看她用颜色鲜艳的塑料叉子舀蔬菜吃。他以为她喜欢，说他的孩子也有一套，但是现在长大了已经不用。她继续看着，看见女孩的爸爸把白色T恤的领子竖起来，像农民企业家。嘲讽的是，餐厅墙上的电视里正在播一部叫《乡村名流》的电视剧。

一直到吃完她都不想说什么。他点了炸奶酪，煎牛柳，以及烤鸡翅。在煎牛柳端上来的时候，她看到的确是满满一盘。我已经告诉过你了，他说。她开始觉得肚子疼，什么都吃不下。她知道自己这样很讨人厌，就像塞林格在《弗兰妮与祖伊》里写那女孩怎么百般不爽地在男朋友对面吃一顿饭。她很烦这本小说，没想到今天自己就变成了她。

但是他还是很包容，说吃不下可以打包。然后除了沙拉，他们把所有的东西都打了包。煎牛柳一口没动，比萨还剩下两块，咬剩的半根奶酪也被她扔进烤鸡翅的盘子里。他去阳台上抽烟，她坐在座位上，慢慢把羽绒服穿回身上。

结账的时候他拿过背包，翻皮夹找信用卡。她想起他会在包里放一本笔记本，和她从前用了三年的日记本同样的牌子，只不过大几圈。几年前他有记笔记的习惯，写一些简短的句子，没什么修饰，但因为用词准确，她觉得算得上好。这几年因为感情的问题，日子过得有些混乱，渐渐写得少了。但是他说过，还是会继续写。前两天天气不错，她刚刚过完年回来，对他有些疏离，坐得远远地听他读十一月写下的一些话。是秋天的最后几天，他坐在看得到阳光和落叶的房间里，写外面的叶子铺得像一张地毯。她忍不住大笑，说最受不了这样的陈词滥调。落叶像一张地毯，没有美感的句子。

但是现在她忘了这些，只记得他从来不让她看这本子。她可以理解，每个人都有自己的隐私。但是不知道为什么，她忽然很想在他的笔记本上画一根针。就是一根细长细长，银色的，底端极其尖利，顶端有一条细缝的缝衣针。她让他把本子拿出来，他一边刷卡，一边随手放在她面前。她没有翻开，只是抚摸封面，问他能不能在最后一页画一张画。他说不行，就要把本子收回去。她又重复一遍，他没有理她。

他们下楼取车。一路上她像中了邪，一直在念叨要画画。他问为什么，她说有两个理由，一是就像狗要在自己的地盘上撒一泡尿，她也要在他每一本本子的后面画一样有自己气息的东西。二是她已经想好要画什么。她没有看出来他已经有点动怒了，或者说，那个控制着她的邪念，这时候还没有打算让她察觉。上车以后她继续抱怨，他说别一个要求接一个要求，再说我就烦你了。她问什么叫一个要求接一个要求。他说我急着去上班，看你想吃饭就带你过来，知道你吃不下还是点了所有的菜，现在又要在我的本子上画画。这时她故伎重演，说你再这样我就跳车了。他没有反应。她问你要不要我走？他不回答。于是她跳了下去。

他开车走了。她跨过车行道和人行道之间的绿化带，抱膝坐在街沿上。看看周围，不知道是哪里。给他发短信：我不认识回家的路，今天就在这里坐到天亮。

他回电话吼她，问她想干什么。她说不知道。他说要工作，让她自己回家。她也吼回去，那是我的家吗？他非常生气地过来接她，把她送到楼下，让她自己上去。她不同意。然后他们上楼吵架。她把所有东西拿出来说要搬回去住，他说好，开始帮她整理箱子。她用笔记本电脑的电源砸他。他说我不想再过和从前一样的日子，请你放我去工作。她说我没有不让你工作。他说我不可能让你在我的本子上画画，这是我的笔记本，你要尊重我。

她知道他说得都对。但是她不愿承认。

他还说，非常冷静而残酷地，就像警告她煎牛柳有满满一盘，她一定吃不了一样，说我这是要告诉你，不是你提出的每一个要求都能被满足。你是成年人，要为自己的行为负责，如果你想找人和你玩赌气的游戏，我不适合。

她有点懵，像一个被遗弃的孩子，垂着手站在时空的通道里。然后缓缓地说，我提什么要求了，吃东西算要求吗？那些真正的要求，比如和你一起去旅行，比如结束你的婚姻，所有我提出的真正的要求从来没有被满足。

快到四点他才走，生气她占用他的时间，说了很多狠话。她坐在沙发上，不知道作何反应。八点多，她给他发短信，说想听听他的声音。在那个老婆孩子待着的地方，他从来不接电话。她想起今天临走前他的手机响了，他接起来叫了老婆的小名。她以为自己麻木了，这种事情不会刺痛她，但是她深深记得那个脱口而出的名字。

他老婆买的台灯放在他们的客厅里。多少次，她想用剪刀把那层白纸戳破。

他在短信里重申，她已经是成年人了，自己的情绪必须自己调节。她再发，他就问，你想在今夜把一切毁掉吗？

屋子里空荡荡的，她手足无措，拿出自己的日记本，在上面写：爱如何在自私与局限的前提下仍然保持纯净？接着又反省自己：认真工作，高高兴兴生活，真心地，不问明天也不计后果地谈恋爱。不要妄自菲薄。感受他的爱。

然后她把这些都划掉。躺倒在沙发上，看着夜色照进窗户，外面有树没有人。亲爱的，她喃喃自语，我从来没有想过要把一切毁掉，也不知道自己到底要干什么。也许只是生理期，一点点激素的变化让我变成了一个不可理喻的人。另外，你知道吗，宇宙的玄机有时候仅仅在一件毛衣的蝴蝶结上。

2012 年

出差

四月的时候,回上海出了一次差,加上清明节,一共在家里待了六天。

到机场是下午四点。公司买的票,可以奢侈地乘任何一趟航班。如果是自己出钱,她一般只买晚上的。她家离机场近,爸妈会提前一小时出来,到小区对面坐一站机场巴士,早早地在接站的人群里等她。去年春节第一次回家过年,下飞机的时候已经是小年夜晚上十一点了。她穿一件大红的过膝长羽绒服,戴黑帽子,看见妈妈向她挥手,然后爸爸从另一边过来。已经四个月没有见到,妈妈脱口而出的第一句话是,还好,没有变黑。她觉得好笑,说我去北京又不是种田,怎么会变黑呢。但上海人觉得上海以外的地方都是乡下,所以变黑也许是理所当然。

这一次出站没有见到妈妈。她把行李推到电梯边上,给妈妈打电话。电话里传来急急的声音,说刚下车正从车站过来。两三分钟后,她看见妈妈来了,远远的穿一身深褐的呢子衣服,斜背着一只小小的,不知道什么材料做成的小包。和以前一样,妈妈见到她的第一件事，是睁大了眼睛上上下下把她看一遍，然后接过她的箱子往车站走。这次妈妈下的结论是，以前每次等她都觉得激动，今天让她等着好像没那么激动了。她听出妈妈的声音有点沙哑，问怎么了，妈妈说没什么，慢性咽喉炎。

回家之后果然看到桌上放着药片。他们家的这张木头长桌，当时是因为她喜欢才从宜家扛回来的。不过哪样家具不是呢，白书架，红沙发，小到洗手间里刷牙用的三只茶杯，都是按照她的喜好买的。刚搬回来的时候桌子还是一堆木头，爸妈蹲在地上，照着说明书的样子一步步拼起来，然后说说明书错了吧，否则怎么装不上去。她拿过来一看，原来在第二步上就搞错了木头的编号。她从爸爸手里接过螺丝刀，把螺丝拧下来，调整木板的顺序再重新拧回去。最后把桌子翻转过来，很有成就感地说，没有我你们怎么办呐。说的时候没想这么多，但是自从前年十一月公司搬去北京之后，这句话忽然间就变成了现实。除了每星期一两个电话，现在爸妈的日常生活里确实就没有她了。

把箱子里的衣服都挂起来，拿出带回来的橘子，和家里的水果放在一起。为了迎接她，果盘边上的花瓶里还插着妈妈新买的一束鲜花。她嘿嘿笑着说不好意思，橘子都是快变质的，有的颜色已经发黑。买多了来不及吃，又舍不得丢掉，就和两只火龙果一起扔进了行李箱。妈妈说不要紧，让她去给外公和姨妈打电话。她一一打了。外公八十多岁，耳朵不好，听不出她是谁。她大声说自己的小名。外公知道了，在电话那边哈哈大笑。姨妈还是和往常一样,半是高兴半是忧虑,告诉她妈妈最近身体不好,医院去了好几次,喉咙还是不舒服,让她这几天孝顺孝顺妈妈。

放下电话她问妈妈,妈妈说没事的,就是喉咙干,多喝水也没用。医生开药的时候让她下个月再去复查,说是鼻腔里好像有什么异物。她听得有点紧张。妈妈说没关系,年纪上去了总会有点小病,她知道自己的身体。说完了就去厨房给她煮鸡汤。

鸡是乌骨鸡,鲜黄的汤里放几朵香菇,几粒枸杞,是她在上海的时候最喜欢吃的菜。一个人在北京,妈妈最担心的就是她每天不好好吃饭,总是在九点整的时候发一条短信过来,问晚饭吃了没有。从第一天开始,天天不断,她手机里存的和妈妈来来去去几百条短信,几乎都是关于这个话题。她笑妈妈,说你可以做一个项目了,把短信打印下来挂在墙壁上就是行为艺术。然后妈妈稍稍变化了一点,改问今天好吗,但回答之后还是要叮嘱她好好吃饭,早点睡觉。

妈妈去洗碗的时候,她跑到自己的房间看看。仍然和住着的时候一样,屋角放着电脑和书架,床单是暗粉色的。她隔着厨房的门问妈妈,我这么久不回来,被子是不是都积灰了。妈妈说瞎说,昨天刚刚换过被套,在太阳底下晒了好久的。她一闻果然有香味。床边还是放着一只红色收纳夹,扔着几年前没看完的书和报纸。报纸还是大学时买的,边角已经发黄,抽出来一看都是英文。她怀疑自己是不是连一篇完整的文章都没读过,但看到上面用铅笔画着细细的线条,还写了音标和注释。书里有一本硬封面的《琴声如诉》,是有一年过年时妈妈送给她的礼物。她把书拿出来放在床头,准备睡觉之前看。

那天的晚饭是在外面吃的。爸爸从店里出来之后,她们到车站上等他,一起去附近的一家港式茶餐厅。东西很一般,咖喱牛腩中间是冷的,冻奶茶不冻。但妈妈觉得还不错,说一直想来,但她不在家好像就没有什么动力去外面吃东西。有时候不高兴做饭,她就和爸爸在店隔壁的小馆子点一碗蛋炒饭,或者穿过马路去吃拉面。去年爸爸过生日的时候,他们说好来吃粤菜,但到了门口又不进去了,最后吃了肯德基。她说为什么不进来呢,老吃油炸的不好。妈妈笑着说不知道,也许是更熟悉吧。

吃完饭九点,回家之前逛了逛优衣库,妈妈说要给爸爸买两件夏天的T恤。她让爸妈多穿单色,别买乱七八糟的印花,妈妈就听她的话,自己来买过几件藏青和墨绿的上衣。这次她也给爸爸挑单色的,纯蓝或者纯黑,爸爸试穿之后,忽然看上了旁边一件骷髅图案的汗衫,像小孩子一样,嚷嚷着要买这件。她想起妈妈说爸爸年轻时留长头发,喜欢穿印着大红玫瑰的黑色衬衫,刚认识的时候以为他是小流氓。看来现在虽然长了白发,性格还是没变。她和妈妈就由着他去,白底和灰底的各买了一件。

回家以后,她和妈妈轮流洗澡,她还是像以前一样,在妈妈洗澡的时候隔着浴帘和她说话。她一直不觉得自己话多,但实际上很可能是话多的。妈妈在家里做家务，她就跟在她屁股后面走来走去，走到哪里说到哪里。爸爸一直奇怪她们怎么会有那么多话，很嫉妒但是也没办法。她也奇怪，她好像什么事情都会说给妈妈听，从小到大从来没有撒过谎。一个人住到北京之后，说话的机会少了，她和妈妈之间的对话就变成了冷不冷，热不热，这星期过得好不好。但是她们两个都没有觉得有什么不对，也就是说，既没有渴望交流，也没有变得生疏，这就是奇妙的地方。

头发还是湿的。她把毛巾铺在枕头上，从头开始看《琴声如诉》。谈不上喜不喜欢。看了二十几页之后掏出手机，发现还是没有短信来，就犹豫着发了一条过去。男朋友回：早点睡。她顿时有点火大。你不想和我说话吗？明知故问地又发一条。男朋友回：说三分钟。她把书扔到边上，气呼呼地盯着手机。几秒钟之后电话来了，她接起来，又开始因为相同的问题吵架。每次她出差他都不愿意打电话，有一次她到国外，隔着太平洋对他吼：说几句会死吗？而他的杀手锏就是挂她的电话。

今天还是一样，他说要关机睡觉了。她说不用关，你睡觉吧，再联系你我就去死。

浴室传来爸爸洗澡的声音，他是夜猫子，家里最后一个睡觉的。他洗澡了，说明已经过了一点。

第二天早上心情仍旧不好，她躺在床上，闻着被套上淡淡的太阳味道，郁郁地不想起来。外面传来妈妈做家务的声音，她想起小时候，最喜欢妈妈在星期天的早上收拾屋子。手里拿着抹布走来走去，擦擦钟，擦擦电视，擦擦橱门，灰尘漂浮在阳光里，让人觉得非常安心。这么想着还是没有让她高兴起来，就又拿过书，倚在床背上有一句没一句地看着。大概一小时之后，妈妈敲门进来，是她让妈妈在进门之前都要敲敲门的。但妈妈的习惯是，敲完之后不等她回答，已经推门站到房间里。她曾经因为这个跟妈妈生过气，但是现在也无所谓了。她把头埋在被子里，问妈妈几点了，妈妈说十一点，声音好像比昨天更哑了。她故意闭上眼睛说还没有睡够，妈妈说那你再睡一会儿，关上门走了出去，没有看见她昨晚哭肿的眼睛。

下午去咖啡馆上网。因为他们两个人都不用电脑，她走了以后，妈妈就把家里的网络停了。她想过要教爸妈上网，但妈妈说现在没空，每天要做那么多事，店里打烊了回来还要烧饭烧菜，吃完了和爸爸在长桌子上打乒乓，然后洗澡，看电视，睡觉时都已经十一二点了，等退休以后再说吧。她说不要什么都等退休以后，比如上网，比如旅行，可以从现在先做起来。但说说也就没有下文了。第一次回来的时候，妈妈还想着帮她去买最早有卖的那种拨号上网的电话卡，但发现现在哪里都找不到了。后来她在爸妈的小店附近看到一家可以上网的咖啡馆，每次有工作要做就去那里。咖啡馆隔壁有一家老式饮食店，饿了就去吃二两生煎，这也是她在北京最想的东西，个大馅多，又油又鲜。

妈妈陪她一起在靠窗的地方占了个位置。服务员过来问要点什么，她说要一杯猕猴桃汁，妈妈说马上要走，什么都不要。她往墙壁上的插座里插笔记本电源，妈妈好像看出了什么，问她是不是不高兴。她说有点。妈妈问怎么了。她说我是不是脾气不好。妈妈说说来听听，她知道有这个人的，只是详细情况不了解多少。她就说我们总是吵架。为什么，妈妈问。为了点小事情，比如他想睡觉我缠着他说话，他挂我电话我就发短信去骂他，或者继续打，打到他接为止。妈妈做出责怪她的样子，说这样不对，人家想睡觉是人家的自由。她再说细节，妈妈还是说她不好，说男人都是这样爱自由，不喜欢被人管束的。她看着妈妈歪着头的样子，想起小时候每次做错事情，她都这样歪着头，努起嘴，一副又认真又豁达的表情，好像世界上所有事情都可以黑白分明，被划分得清清楚楚的。妈妈问她，你和他是认真的吗。她说是的。妈妈说那就改改自己的脾气，不要经常吵架，除了家里人，还有谁能无条件地容忍你呢。

说完没多久妈妈走了，她很知道即使是教训人，也不能盯着一件事情一直讲。也许她学不会的就是适可而止。可是妈妈啊，她望着她的背影想，如果你知道他是怎么对我的，知道他说凭我这样的性格别痴心妄想和他结婚，还会觉得都是我的错吗？你会不会很伤心？

窗户很高，看不到外面。咖啡馆里人不多，两个二十多岁的女孩带着那种好看的大眼睛娃娃来拍照，放在桌子上摆来摆去。她开始搜索明天要采访的那个设计师的资料,在本子上罗列问题。他还是没有任何消息。她下决心这次一定不能主动联系他,虽然她也知道,每一次下的决心都那么脆弱。六点的时候爸妈先到家了,外面开始下雨,她接到一个朋友的电话,说一起吃饭聊聊。朋友是以前的同事,比她还细腻,比她还忧郁,是所有人里唯一知道她的事情的。在这么一个阴惨惨的下雨天,两个人相对诉苦一定很无聊,所以她说算了吧。朋友说好吧,挂了电话。她觉得奇怪,为什么别人挂电话她一点感觉也没有,唯独他挂上电话的时候,她心里好像有一千只小爪子要伸出来?

八点妈妈来电话,让她收拾东西回家吃饭。天已经黑了,雨还在下,但很细微。地上亮晶晶的,她站在马路边上等车,看着车从积水上重重地开过去,碾散了一排水珠溅到她的鞋子上。

为了免却等电话的痛苦,她早早关机睡觉。但是关机是多余的,因为她知道自己没多久就会爬起来,把手机重新打开。一直到早上都没有声音,除了半夜稍稍震过一下,是那种垃圾电话,但时间太短了她根本没有听见。第二天一早,她吃了妈妈摊的面饼,九点多就打的出门,和设计师约好了十点采访。

他住在虹口区一栋老式公寓里,可能是几十年前建的,现在看起来已经很破了。她先是没找到,问了人又折回已经走过的地方,才在一家面馆和一家五金店之间发现一个小小的,只够一个人通过的门洞。上到三楼,设计师开着门等她,带她穿过狭窄的走廊进到里屋。她左右看看,除了客厅之外还有一间卧室，都没怎么装修，问了一下是租来的。卧室也很简陋，放着一张床，一条正面是白色，背面是粉红色的被子，两双浅绿和浅黄的拖鞋。客厅只有一张沙发，电脑，五斗橱，窗帘是看起来有点脏的湖蓝。和她想象的很不一样。寒暄了几句她就开始采访，设计师很质朴，不太会说话，就有一搭没一搭地聊着。说到一半他去厕所，她才看到在他一直坐着的地方，背后有一个小阳台，光线不太好。但是走近了看，地上放着很多盆栽，大概有十几盆翠绿的小苗。他回来见她在看，就说是我老婆种的，有薄荷，罗勒，满天星。用的花盆都很小，比一个拳头大一点，苗苗也很单薄，不知道能不能长大的样子。但是她心里一酸，觉得只要两个人相爱，住在这么一个小破房子里也没什么。

采访完是下午一点，设计师和她一起出来，坐地铁去其他地方。她在附近找了家馆子，点了一碗双菇面。这时候手机响了，一看是他的短信，她却没有想象里那么高兴。恹恹地打开，短信里写着：昨晚睡不着，是不是你在诅咒我。半开玩笑的语气。她回一个哼！不打算再和他闹下去。他又回：谁说的，回我短信就去死。她说难道你希望我不回吗？他说无所谓。也许这就算和解了。原以为自己不那么高兴，但是她发现回完短信之后，面好像突然变咸了，也就是说，之前她都没有注意吞进嘴里的是什么味道。舌头告诉她，她还是高兴的。

晚上约了人吃饭，早在一星期前就已经说好，大学里住一个宿舍的几个同学。因为在北京吃过一次大汉堡，就是比肯德基麦当劳正宗,有粗粗的薯棒的那一种,就怂恿她们再吃一次。选了静安寺附近的一家,夜里灯光暗暗的像个酒吧。进门的时候已经八点多了,因为是工作日,她们都是下了班以后才从公司赶过来的。四个人点了两个汉堡,各要了一杯奶昔,烤鸡翅卖完了,就换了鱿鱼圈。服务员收走菜单的时候,她忽然后悔了,叫住她说不要巧克力奶昔,换一种名叫 Double coco 的。她以为 coco 就是可可,想既然喜欢巧克力,就要双份的。结果端上来一股椰子味。同学笑她,英语白学了吗,椰子才是 coconut 呢。汉堡也让人大吃一惊,说是一个人肯定吃不了必须两个人分,到头来才这么一小坨。她很不甘心地把这些都吃了喝了,塞进肚子里。

说说各自工作的近况,再说说各自的八卦,和每次同学聚会一样,话题很快就聊完了。有人在对面掏出手机,开始玩 Draw something。坐在她旁边的李也掏出手机,用店里的免费 wifi 下载软件。于是聚会的后半程,就变成她们四个人分成两组,互相画画然后猜来猜去。轮到刘画的时候,她发现她的手指头总是很纤细,能画出那么精致的线条,轻轻点选不同颜色,用蓝的、黄的拼出一只活灵活现的独角兽。而她的手指好像特别笨拙,稍稍一画面积就不够用了。她画的猫和鸭子,她们都认不出来。

后两天她迷上了画画,每天醒来第一件事就是打开游戏,连他有没有发短信来都不是那么在意了。在和苍蝇她们聚会的时候，她也是每过几分钟就按按手机，看对方画了什么过来。苍蝇是初中时的同学，算到现在已经十几年了，想想真是不可思议。十四岁的时候，她记得也是和这几个人一起春游，乘着缆车滑到山的对面去。刚滑到一半缆车忽然停住了，在山与山之间一动不动，只看到远远的地面上墨绿色的松树和几颗似有似无的人头。她吓得抓住板凳，说我不想死啊，我还这么年轻，没有经历过的事情还多呢。所有的感觉好像都是在那一刻涌上来的，回来之后她在日记里写：生活忽然在这一天打开了一扇门，我感受到了蓬勃的青春。想想觉得好笑，那个时候的自己那么年轻稚嫩，那么向往生活，现在还是这几个人坐在一起，年龄却比过去大了一倍。生活的门还蓬勃地开着吗？

苍蝇已经是第二次怀孕，第一次因为身体不好，孩子自然流产了。听到消息的时候，她不知道怎么安慰，没想到苍蝇自己说，自然淘汰也没什么不好，太虚弱的孩子生出来也不会健康。她很喜欢苍蝇这样的性格，粗枝大叶的，总是这么积极。现在她坐在对面滔滔不绝，她们四个人的聚会，总是她滔滔不绝。讲同事的小事，讲家里的小事，一点点鸡毛蒜皮的事情经她一说就变得很生动。苍蝇结婚的时候是她做的伴娘，她记得化妆师帮她卷了一个恶俗的大卷发，她照着镜子说好丑啊，超在一边说没关系，又不是你结婚。她想想也是。晚上闹洞房是苍蝇自己开的车，穿着婚纱和高跟鞋，很彪悍地载着一群人直奔酒店，然后提着礼服下摆，噔噔噔走到大堂。

那天拍的照还没给我呢,她忽然想起来,但已经是两年前的事了。

饭吃到一半她给妈妈打了个电话。昨天晚上妈妈又不舒服,刷牙的时候总是干呕。早晨说肚子痛,有点肠胃炎的症状,到了十一点还坐在沙发上不想动。她劝妈妈去看病,说和她顺路,打车把她带到医院。妈妈同意了。她也没多想,把妈妈放在医院对面就让司机继续走。等红灯的时候回头看了一眼,看到妈妈穿过了马路。

电话接起来是一片喧哗的声音,妈妈说还在排队,但算算时间已经一个多小时。她问怎么这么慢,要不要紧,妈妈说没关系。后来才知道姨妈去陪她了。晚上回家姨妈给她打电话,说你真是的,让你妈一个人去看病。排队的地方人山人海,她肚子又不舒服,想上厕所也走不开。我去的时候她饿得眼冒金星,帮她顶着位子,才让她出去买了一瓶水和两只小面包。

这是她完全没有考虑过的事情。有时候她觉得自己太过敏感,有时候又粗心得要命。刚才那句话里,不知道为什么,"小面包"这三个字像针一样刺到了她。也许是因为"小",让她觉得妈妈很可怜,挂了电话就跑到卧室里挽住她,问我是不是很不孝顺。妈妈躺着,没睡着,笑着说没事,身体不舒服吃不了那么多,为什么要买大面包。她想起刚记事的时候,有一天忽然意识到时间的流动,任何东西,即使现在再好,以后也会像花朵一样腐烂和凋落,任何人,即使现在再健康,总有一天也会死去，就觉得难过得不行。第一件事就是冲到妈妈身边，拉住她的手臂，说妈妈我不想让你死。妈妈说我又没死，她就说我也不想你变老。妈妈说那是以后的事。她不相信，捏捏妈妈手上的皮肤，还是紧紧的，没有像老年人那样，松松垮垮好像一件覆盖在骨头上的外套。闻一闻，也没有特殊的气味，就暂时安心了。

这样的时刻不止一次。每一次也许都要隔上好几年，而妈妈确确实实是变老了。

看她伏在被子上，妈妈又安慰她，说没事的，你去给我倒杯水。她乖乖到厨房把水拿来，好像她这么听话，自然就不会按照自己的法则行进下去了。妈妈说什么事到了姨妈嘴里就会夸张，明明没有什么的。她也这么觉得。一个月前她在北京看了《桃姐》，很喜欢，就打电话让妈妈也去看。妈妈说姨妈也想看，不如约着一起去。但最后想想，电影里讲的是人之将死的事情，姨妈本来就害怕这个，去了一定忧心忡忡。结果两个人都没去成。

晚上睡觉之前她几次出入妈妈的卧室，问她怎么样，要不要喝水，好像这样就能把一年里，甚至更多年里没做的都弥补上。快十一点的时候，妈妈睡着了，她回到自己的房间看书。一本《琴声如诉》看了三四天，还没有看到几年前书签夹着的那一页。

一直到第三天早上，妈妈才彻底不拉肚子，只是喉咙还沙哑着。按照原计划，这天晚上他们要请亲戚吃饭，在一家她喜欢的泰国餐馆。订的是晚上七点，姨妈说五点在中山公园等她。

上午还有些时间,妈妈让她陪自己逛街。她说你还是休息休息吧。妈妈说没事,不拉肚子就不难受了,再说她明天要回北京,不去的话只能等十一。她想想也是,就决定到家附近的商场,速战速决。

每次回来总要逛一两次街,买一些穿得到穿不到的衣服带回北京,都是妈妈出钱。给她买东西的时候妈妈总是很大方,对自己就很抠门,一条一两百块的裤子就嫌贵了。她想天底下的父母都是这样的。就像今天看中的那条黑裤子,干干净净的没什么装饰,199元,她让妈妈试试,妈妈说贵,但最后还是去了试衣间。她坐在试衣间的圆形小沙发上等着,难得的,一般都是妈妈等她。她看见妈妈把已经穿旧的牛仔裤脱下来,换上黑裤子,蹲下把多余的裤脚朝里面折进去,露出皮鞋和肉色丝袜。从镜子里看起来,妈妈刚刚生过病的脸有一点苍白,被射灯一照就变得更白一些。平平的眉毛,眼睛,眼袋,鼻子,嘴唇是弯弯的半圆形,没什么弧度。有一只门牙特别长,像老鼠,医生说是牙周炎。妈妈觉得难看,曾经想过把下半边磨掉,但医生说不能磨也不能拔。后来只要谈到这只牙齿,妈妈都会自嘲地笑一笑,张开嘴在镜子里照一照,说真难看。但很快又做出无所谓的样子,说算了,反正老了,也不在乎好不好看。

除了长一些,裤子很合身,她劝妈妈买下来。付款之前又跑到服务台,量了长短,把裤脚剪去几寸。但最后还是她买得更多。回来的路上妈妈随口说,如果她还在上海就好了,她们可以经常去逛街。她不在的时候,妈妈和爸爸不太出门,每天除了去店里就是回家,交际圈就那么大。有什么好吃的好玩的消息也不灵通,觉得自己好像和社会脱节了。她听得心里难受。但是怎么办呢?把妈妈带在身边吗,还是不要离开家?

那天她们还吃了老鸭粉丝汤,因为不饿,就两个人分了一碗,像大学的时候一样。那时同学中间流行去七浦路买衣服,她们也去,用很少的钱买了一大堆便宜衣服之后,坐在门口的小摊子上点一碗老鸭粉丝汤,两个人分着吃,再留着肚子吃几条马路开外,好吃又不贵的糖炒栗子。大学毕业自己挣钱之后,她下决心再也不去七浦路,妈妈也好像顿悟一样,说那里的东西破破烂烂,以后不去了。她感觉从一个特定的时候起,好像不再是她在妈妈的抚养下慢慢长大,而是妈妈跟着她的步伐一点点往前走。比如她会把自己看过的书介绍给妈妈,就是在她的推荐下,妈妈看了简·奥斯丁,村上春树,苏童和迟子建。但是她离开上海以后,还有谁能这么即时地,给妈妈的生活带来变动和影响呢?

下午她去中山公园,妈妈回到店里帮爸爸洗洗弄弄,再一起把摊子收了。姨妈和表弟在龙之梦门口等着,见到她过来,姨妈招一招手,说下楼买东西吃。龙之梦人多,尤其是通地铁的那层,他们在人群里挤来挤去,最后挑了一种几块钱的面包。姨妈说怎么这么节省,她说够了,一会儿吃晚饭呢。姨妈就付了钱,让她和表弟一人一只拿在手上吃。小时候他们经常在一起玩，钻在她家的大沙发上，每次都有玩具不知不觉落到沙发缝里，第二天摸到了就好像买了新玩具一样高兴。那时候姨妈和妈妈都很年轻，三十出头，像某种绝对的可以保护他们的力量。现在已经快六十了，戴上了老花眼镜。因为遗传了外婆腿脚不好的毛病，这两年姨妈走起路来也有些颤颤巍巍，她担心自己将来会像外婆一样，跌了几跤然后中风。说这些的时候，她总是不知道如何劝她，就说别这样想吧，如果真要遗传那也是没办法，不如开开心心地过，趁好的时候加强锻炼。姨妈说是的，每天早上五点多，她都会去小区附近的中学锻炼身体。

从地铁站出来，他们穿过一条开着樱花的小路，一直走到延安路上。她一边和姨妈说话一边把头仰起来，透过樱花看前面高高的楼房。姨妈说想去西安，她说去呀，为什么不去。表弟说要有准备，哪有今天想起来明天就要走的。姨妈说其实真去也就去了，还是别攒钱买房子了，花点钱到没去过的地方走走看看吧。她知道姨妈想换房子已经不是一天两天，与其这么辛苦，干什么都要省着，不如就住着现在的房子，地方再小也毕竟住了十多年了。

通到大马路上看见路牌，才发现不是延安路，再一问原来方向反了。她说走回去，姨妈说来不及了，坐车或者打车走吧。她左右找公交车站，姨妈说算了，打车快些，就沿着马路拦出租车。她知道父母这一辈总是不舍得花钱在这样的事情上，除了时间什么都没买到，就说不要吧。但姨妈执意要打。

到餐厅，桌子已经预留出来，他们三个先坐上去，没多久爸妈带着外公到了。外公穿一身青布中山装，很精神，但还是比春节见面时老了。外公是1928年生的，已经八十五岁，年轻的时候每天坚持晨跑，身材保持得很好，所以一直到七十多岁，她都不觉得外公是个老头。后来几乎是一夜之间，衰老像一场雨水把外公淋得湿透，再见到时脸上已经布满怎样都抹不去的褶子。这就是时间的皱褶吧，她想，一层一层把外公和无数个与他同龄的老年人折叠起来。是去年还是前年开始，她发现外公一只眼睛的眼皮耷拉了下来，每过几秒钟就要硬硬地夹一下。外公难受，其他人看着也不舒服，带他去医院，医生说没什么办法，这都是老年病啊，人老了怎么治？

点完菜，他们在长桌上坐着，吃餐前附赠的油炸龙虾片。阿姨和姨夫先过来了，表妹刚下班还要晚些。几个人坐着，看餐厅墙上的壁饰，深红墨绿画着好多个小人。才十几分钟，他们已经打了两三个电话过去，问表妹到哪里了。从小家里管得紧，到现在还是这样。她记得那年表妹高考结束，她们一起到南京路逛夜市，肚子饿了就在傣妹吃几块钱一样的便宜火锅。晚上九点多走在马路上，四面八方的霓虹灯都围拢过来，表妹很高兴，说这是第一次快十点了还在街上逛。

前几个菜上来了，有冬阴功汤，青咖喱牛腩，虾饼和空心菜，都是她来过几次特别喜欢的。大家谨慎地吃着，她这才想起来，原来除了爸爸以外，剩下的都怕辣。每次把自己喜欢的东西分享给别人的时候她都紧张，悄悄留心他们的表情，生怕从里面看出一丝一毫的淡漠。三味鱼上来时表妹来电话，说迷路了，姨夫在电话里给她指路。但说完之后还是不放心，就擦擦嘴出去等她。过了一会儿阿姨也出去。很久不见回来，大家派爸爸去找他们。结果表妹下车的时候看到小小一个路口候着三个焦急的大人，很不高兴。留给她的牛腩一动不动，只盯着吃空心菜。

吃不了牛腩的还有外公和爸爸。外公的牙早掉了，爸爸才五十多岁，也已经掉了好几颗。她原先没注意，这次回来无意中发现，爸爸说话时下排只留着一颗门牙。她觉得非常惊讶，又有些不忍心，他们都是怎样以难以察觉的速度老去的？

为了弥补吃不了辣也吃不了牛腩的人，她又点了三盘炒金边粉。结账的时候她去刷卡，妈妈已经代她告诉大家，这次吃饭她请客。其实只有她们两个知道，说是这样说，最后付钱的总是妈妈。又交房租又日常开销，妈妈知道她每个月不透支已经谢天谢地。

晚上整理东西，把带来的再装进箱子里带回去。除了原来那些，妈妈又给她带了两盒费列罗，一盒蓝罐曲奇，几大包亲戚送的牛肉干。新衣服满得装不下，她就坐到箱子上，砰一声把它压下去。

临睡前又和男朋友吵架，为了第二天来不来机场接她。他不喜欢事先约定，说到时候没事就来。但她受不了不安稳的感觉，除此以外，也许还因为他总是把她排在其他事情后面。赌气了她就说,早知道就不买这么早的机票了,还能在家多待半天。我妈最近身体不好,我干吗急着回来,你又不想见我。他在电话那头冷冷地说,那就请假再待几天。她不耐烦,打断他的话说,你比我妈重要。几乎脱口而出,把他和自己都吓了一跳。她感觉到他停顿了一下,然后说不是谁比谁重要的问题。就是谁比谁重要,她用更重的语气又补一句。

说完之后就开始流泪,有一股酸涩从心的最深处流出来,止也止不住。最后他说,你把航班号发给我吧,也许我能抽空出来。她仍然无声地哭,用嘴呼吸,不让自己的声音通过话筒传过去。他等了一阵没人说话,就烦躁地说,我不想每次打电话都像对着空气。她哭得不行,不知道后来那种平静的声音是从身体哪个部分发出来的,那个声音说:不要了。

挂了电话,她躺在浑黑的夜色里,用被子蒙住眼睛。心脏很疼。她曾经用这种姿势为不同的男人流过很多次眼泪,但没有一次是为了妈妈。而在这个世界上,最爱她的人,唯一一个没有任何前提,任何条件,把全部的爱都给她,无论发生什么都不会抛弃她的人,只有妈妈。但她一直在做的,是一次次把心交付别人,那些一秒钟就能决定离开她的男人。她想过即使不结婚,她也愿意陪着他一直到老,但是没有想过,上海和北京离得这么远,要是妈妈老了病了,要怎么照顾她?

她给他发短信:我觉得我应该向老天爷忏悔,说出刚刚的话要遭天打雷劈。

没有短信回执，也就是说，他关机了。

回北京的飞机上，她平生第一次晕机，取出椅背上的呕吐袋吐了几口。到机场冷得要命，推着行李浑身发抖。她又发短信，虽然做好准备他不会有任何回音。没想到电话立刻响起来，他说现在有空，二十分钟后在门口等她。听口气像什么都没有发生过一样。她觉得困惑，一路上微闭着眼睛望向窗外。在车子拐向四环的时候，妈妈打来电话，说发生了一件好笑的事情。夏天还没有到，爸爸却已经等不及了，自说自话穿上了新买的短袖。她一到店里，就看见他敞着衣襟和顾客说话，拉过来一看，原来衬衫里面露出一只若隐若现的骷髅印花，让她和周围的人笑啊笑啊，笑得眼泪都快要流出来了。

2012 年

夜航

1999

以前的家是这样的。在一栋很旧的老式楼房的第五层。每层有四户人家,也许是第二家,也许是第三家。门很简陋,房间不大,玻璃窗的最上方连着一个通到厨房的蓝色管道。走廊很狭窄,放一张从墙上翻下来的简易饭桌,几双碗筷。地上有拖鞋。朝里走是一个小客厅,小到只能摆下一个衣橱一张书桌。书桌上堆着试卷,几本书,一只茶杯,一台收音机。卧室有两张床,靠墙的一张铺着肉粉色床单,是爸妈的。靠窗的一张同样堆着书,是阿山的。

不要以为你躲在前面同学的后面我就看不到你了,老师说。广播操的队伍为什么这样排,矮个子的为什么排在最前面,就是为了把你们每一个人都看得清清楚楚。所以把手臂给我抬起来,举高,贴在耳朵旁边。要说话的等做完以后再说。今天下午两门测验,英语和化学,还没复习好的中午想想是不是要吃饭。

　　天空很暗。校服是深蓝色的。阿山看见七班的英语老师站在他们班队伍的末尾。袁老师,她想象自己在跟他说,是教数学的张老师介绍我来你这里的。我知道你学生很多,可是我真的很想来学。我是五班的。英语不太好,初中的时候还可以,高中以后就不太好了,尤其是高二。我高一的时候进的是 A 班,是的,那时还算跟得上。我也不知道怎么就掉队了。张老师说我可能是放太多时间在数学上。我知道价钱,一百二十块一小时。嗯,跟我爸妈说过了。不认识,哦,那坐地铁可不可以到,有点远,我过来大概一个半小时。

　　是虹桥路站。爸爸把自行车停在走道里,解了锁,从五楼搬下来。站着等她坐上后座。车轮在转,钢丝一根根的像音乐和霓虹。经过小区出口,经过绿化,经过新房子和旧房子,把她放在地铁入口。她走进去,背着书包,背着牛津英语课本和画满漫画的笔记,五种颜色的笔,红黄蓝绿黑。地铁站里有各种广告,一个脸上长痣的女人,一个肤色像荧光刺眼的女人,一个头上扎蝴蝶结的女人。每星期一节课,五星期五节,三月份的补课费是一千二百元。妈妈在把钱交给她的时候问,晚上回来想吃什么,红烧鸡翅还是油面筋塞肉。都可以,她把书蒙在眼睛上。才是中午,但星期六短得就像刚刚割下来的草,只有早晨,只有夜晚。

　　袁老师的家在那所最好的大学边上。一排最高级的,good

better best 的教师住宅区。每栋房子都长得一样。一只灰色的怪兽挂着满身眼睛。橙黄的灯在三楼窗口，房间里有烟，像一道流脓流雾的伤口。进到这个房间之前，她会先绕着住宅区走一大圈，全是大块大块的方石板路，与楼房之间用栏杆围着。一边走一边计算，必须用右脚踩进格子，脚的四周不能触线。如果有一步走多了，下一步就要轮空，跳一下，到后一个格子里继续。她几乎没有失败过，一开始身体很重，后来就像被踢出去的毽子一样轻盈，四肢不过是羽毛。跳到空中的时候时间变长，书包好像离开肩膀，在真空里停留十几秒再掉下来。现在是下午，周围有一些人，她相信如果时间再晚一点，树荫再密一点，月亮悬在天上，风轻轻吹，马路上的行人像流水一样散光，那么大自然就会展露它的秘密。

她真的会飞起来。

毫不怀疑。就像不怀疑那些二十块一条的巧克力比普通巧克力好吃很多。她每次都会路过那家小店，在一家通宵营业的漫画店边上。漫画店里用卡通字体写着：年中无休，欢迎借阅。她想象哪些人会有自由一个晚上不睡觉去里面看书。他们可以躺在地板上，坐在写字台边，点一杯可乐或者橙汁，迅速地看完几十本漫画。今年夏天她也能去，只要熬过七月。等她考上大学，一切不成问题。女主持在电台里说，你真的那么弱吗，高考不过是人生中一件小到不能再小的事情。

也许别人都比她强。也许这是她人生的低谷。语文老师让他们背一些格言警句，安插在作文里。人的一生都不是一帆风顺的，谁都有波峰和波谷。虽然从小就唱"布谷，布谷"，也会在书里读到，但她从来没见过布谷鸟是什么样的。它们和啄木鸟一样待在木头上吗，还是躲在鹅黄色的山谷里，下过雨之后出来，天边有彩虹，嘴巴红红的。有几条虫会不知好歹地出现在泥土中间，也许那里有个洞，布谷鸟和啄木鸟飞过去把它们吃了。那家卖巧克力的小店，店员说老板娘就是那所大学毕业的。他们卖吃的，喝的，有一面墙上还挂着一些衣服。如果从最好的大学毕业只是为了开一家小店，那么直接开小店是不是更有效率一点？那些巧克力是五颜六色的，包装纸上印着不同口味的名称，是英语的。每个星期六她都会过去看看，多数是上课以前，因为下课以后如果再浪费时间，回家吃饭就会晚了。有一次她准备了二十元钱，买了一块，在各种颜色之间选不出来。最后决定买白色的，据说是酸奶味，yogurt，她知道这个单词。会不会有一次正好考到。除了酸奶以外，还因为她喜欢白色，小时候看所有的东西都是白的，随着一天天长大，白色越来越少了。考卷是焦黄的，像在烤箱里放过十几分钟。油墨是很黑很黑的黑，用手抹一下还会印在小拇指上。正式的考卷是雪白的，一面很光滑，一面像做了坏事一样毛糙。

　　没有用的。在路上耽搁时间再久，还是要进那个房间。有时候在楼梯上会遇见认识的人。他们是不同学校的，有好学生，也有差生。大家一起走上去，推开那扇半掩的门。她喜欢混在他们中间，躲在一个个子高一点的男孩子后面，让袁老师看不见她。但是桌子是圆形的，像手风琴的褶皱被紧紧拉开，每一块阴影都照亮了，想变得隐形是不可能的。一张桌子坐十个人，客厅里一共放两张。迟到的就坐在沙发上，沙发垫上，沙发背上，还有沙发扶手上。整个房间三十个人，如果有人生病或者有别的事情，那节课就会是二十几个。

每人二百四十。有时候她会算，她是太喜欢数学了。别人都讨厌数学，她喜欢。张老师说她花太多时间在数学上。她确实错了。哪个科目好就不应该再花更多时间，把时间像钱一样用在刀刃上，去补救那些濒死的科目。比如英语，比如化学。但是她好像不太聪明，或者在她翻开英语书的时候，就有一个外星人从空中发送电波，干扰她，让她一个字也看不进去。选择题可以全部选C，或者选A，因为太多人选C之后，老师都喜欢把正确答案放在第一个。谁也不会想到真相最早就出来。就像新闻里说，洗手间最靠门的那个位置细菌最少，因为即使是上厕所，大家也会像买菜一样，往里面走走看看。袁老师在说话了，他喜欢提问，他会先问你是什么，再问你为什么，如果你答不出来，他就问为什么不是其他。

排除法。排除法和别的方法一样愚蠢。如果她能分辨哪三个是错的，为什么没办法记住哪一个是对的。关键不在方法。她觉得是一种神秘的力量。这种力量就好像磁铁的吸力。有些东西你会被它吸过去，它接纳你，无论如何你都知道答案在哪里。

那些英语好的同学从来不用逻辑说话,他们用语感。要培养语感可能需要去读读诗,读读莎士比亚,还有谁。

她知道的诗人和文学家太少了,作文里会不够用。有一次有人问她,那你到底喜欢哪个日本作家。她想来想去,记起借了一个暑假都没有看完的书里有一个名字叫夏目漱石。炎热的夏季,小溪从岩石后面翻溅出来,一天一天,把岩石乌黑的表面冲刷成越来越淡的白色。如果不说就无话可说。她觉得窘迫,也许自己真的一无是处。语文老师说,每天都要背一首古诗,再背几句名人名言,议论文开头就是这样写的。议论文是一种技巧。所有东西都是技巧。就像磨铁棒一样,每天磨每天磨,比那些有语感的人再多磨一个小时,你也会掌握那种技巧。可是她掌握不了。她只会对着书本做梦。看书不能坐在窗前。她会看见楼下的人群,像水一样在街上流动。一捧红色的流过去了,又一支蓝色的,树都像中了魔法,披散着头发摇来摇去。风来了,颜色就会飘起来,从皮肤上脱离,小范围地想要逃跑。身体把它们抓住,用衣服,人的形体一直在颤动,从来不停止。她坐在窗前,书本和字根本不算什么,天上有一大团云,一直在交给她各种各样的信息。人从来不抬头看天。他们拎着去超市买的菜,骑自行车,穿褐色和黑色的凉鞋。那些小孩子最不稳定了,会在人行道上蹦蹦跳跳。看东西的时候经常出神,定在一个地方,再突然射箭一样疯跑,去追走在前面的家长。

袁老师在叫谁的名字,她听见了。背上总是有冷汗。她能感觉到自己的脊椎，一长条的，从下肢通到后脑。在初中升高中的时候体检，医生会把她们的衣服撩起来，用手指一节一节摸她们的脊椎。很好，医生说，没有问题。她还让她们蹲下，不知道干什么，有人说是为了检查你有没有怀孕。为什么蹲下可以看出怀孕，她不明白，真的有中学生在现实里怀孕吗，不是在报纸上。袁老师选中了一个男同学，坐另一张桌的，戴一副眼镜。她觉得他长得有点油腻。她喜欢那种干净的好像焯过水的男生，比如一班那个。他的皮肤在阳光底下就像是透明的。但是一班离他们太远了，去水房的时候可以路过，如果她从教室的这个门走。他不是每一次都会在座位上，或者在走廊里。如果他在，她觉得每一个细胞就都会溃散了，分裂成一万个粒子飞到空中，像装在小盒子里的玻璃弹珠，盖子掉了，噼里啪啦砸到地上。

　　他不在这里，一切是无用的。因为无用而安全。如果他注意到她，她宁愿去死。先快乐几秒钟，然后去死。躲在坟墓里偷笑就好。一切是不可能发生的，开端怎样才能变成开端。那是属于成年人的东西，另一种污秽而锋利的技巧。袁老师说，虚拟语气，这是她在课堂上没有学好的语法之一。最后再给你们复习一遍虚拟语气，这些简单的都学不会，高考的时候要怎么办。是的，不知道怎么办，那个时刻就像一个神话，不会真的到来。它只是在到来的途中不断恐吓他们，而她的命运，就是生来被恐吓。所以，不要害怕恐惧本身。糟糕，又错过了虚拟语气，他不会再讲一遍了，班上的英语老师也不会。那个老师老是穿着长裙，只喜欢成绩最好的学生。她不敢跟她说话，因为她收拾东西的动作很快，下课铃刚刚打，她就理完书本走出教室。她不敢追上去，带着考卷，像那几个勇敢的学生一样拦住她。她不会不愿意答的，是吗？每星期有两个晚上，她会准时出现在办公室里答疑。她站着的时候身体笔直，肩膀微微往后缩着，拇指和食指捏住粉笔。她会选粉红色的粉笔，她热爱颜色，就像她喜欢用各种颜色记笔记。只有用不同颜色记了，过程才比较有趣，然后在空白的地方画一个美女脸。总是鹅蛋形的，或者尖的，她会把本子倒过来，让角度变得流畅。画美女脸是她常常做的事，还有发呆，还有用飞快的速度吃零食。为什么没有任何一个项目是考分散注意力，如果考分散注意力，她一定会赢。让注意力在最短的时间内击中最多的目标，就像打枪，砰砰砰，她可以让思想像子弹一样短而锐利。妈妈说她这样下去并不是很好，爸爸不会说她，他们在她做作业的时候屏住呼吸。

　　她在桌上，可以看得见的地方，用黄色便利贴贴了好几张。玩物丧志，她这样写，像吸毒者一样告诫自己盯着作业。可是那真的很难。就像现在，袁老师的家里有那么多电影海报，他为什么要在墙上贴电影海报。以前她也贴过，初中的时候贴美少女战士，高中里觉得太幼稚，一张张撕下来，墙上粘着没撕好的白纸。袁老师喜欢看电影，她知道有一张是《大河恋》，她没看过，在一本杂志上见过照片。考上大学就可以看电影。

袁老师看着她了。她的灵魂飞回来，现在讲到哪一题了？袁老师好像要说话，究竟讲到哪一题。她听见厕所有冲水的声音，她从来不在袁老师家上厕所。有人在外面听着，三十个人，她怎么可以在这里解开裤子。但是这次不一样了，不去厕所她就会被抽中。快躲进去，她在心里喊，一边放慢速度让自己感觉不那么羞耻。厕所里也有一只小闹钟，四点三刻，再坚持十五分钟就能放学。

天还是半黑。太幸运了，或者是有一点点悲哀。她从袁老师家出来，尽量和其他人分开，选一条安静的路走回地铁。爸爸在那一头等着。坐上自行车就可以回家吃饭。

果然是红烧鸡翅，和所有她不配享用的菜。我们的学生都是有理想的，化学老师办公室里一个正在微笑的男老师说。她知道他是教语文的，他的名字曾经出现在一叠最权威的模拟试卷上。你有什么理想，他问她，你知道自己将来要做什么吗？她不知道，将来是什么，是高考以后一小截发芽的花吗。将来也好像是一个神话，是山洞另一边据说存在的光。他们有的想做科学家，有的想做文学家，他继续说，像一枚钉子把苍蝇钉在墙上，那你呢？你什么都没想好，所以没有目标，没有目标，所以成绩不好。这里面是有因果关系的。不要着急补课或者傻做习题，先想想你要做什么。人生就是一步接一步啊，一步错就会步步错。

她觉得自己被开膛破肚，只剩血污。

妈妈在洗碗，爸爸在看电视，电视机的声音小到像洗碗池里的水流。她胀着肚子，坐在客厅，眼前是一碗苹果和另一碗牛奶。试卷像一种永不枯竭的能源，如果他们可以用试卷发电，燃烧取暖，给汽车当汽油用。时间不早了，明天七点半要到学校，她觉得最好还是快做作业。有些事情一直是不公平的，比如每个人需要的睡眠时间。有的孩子上幼儿园就不喜欢午睡，应该给他们每天少一点时间。像她这样从来就很贪睡的，能不能多两个小时，在两点或者三点做完作业以后，还可以再多睡一会儿。玩物丧志的便利贴就贴在台灯上，但她视而不见，刚拿起笔就决定打开收音机。

先听一会儿新闻，等一个她最喜欢的节目。每天晚上十二点，爸妈睡着以后，她会坐在客厅，一边做作业一边守候。这是电台用语，我会为你守候，每一个听广播的人都觉得是在对自己说。主持人的名字叫阿山，也是女的，年纪不算很轻。她会推荐一些书，说一些久远的事情。她不知道为什么喜欢她，也许是看不见她的脸。她觉得现实里的人都很无趣，电台里的有趣，看不见的东西比看得见的更真实。那个时候她做作业的速度会突然很快，好像一个频率给另一个频率助燃。她是那种适合几个频率同时进行的人。同时跑几条跑道，开三辆车，搭乘十五个热气球上天。只不过套用到功课上就失效了。

主持人说到一个歌手，放了一首十年前的老歌。两个都是她最喜欢的人。她觉得一切都是必然。在一家五金店隔壁的小书店,她等妈妈去超市买油,随手抽一本书,是那个主持人写的。当时她没有听过那档节目,不认识她,翻开一页,竟然写着歌手的名字。说采访他的时候,他住在全市最大的宾馆。夜幕降临,宾馆对面放起烟火,他们一起在窗口看。很美吧,歌手说。她好像亲耳听到了。仅仅过去几天,晚上十二点,打开收音机,随便调一个频道,滋滋滋的噪音响过之后,一个女人的声音说:凌晨好。欢迎搭上航班,与我一起午夜飞行。我是阿山。

有相同磁场的人相互找到了,她想。那个时候她还不叫阿山,但她决定忘记从前,给自己一个新的名字。虽然在现实生活中她很卑微,像一颗永无希望经过冬天的草籽,但是在夜晚的航班上,人人都是自由的。阿山你好,她在心里说,你知道吗,我相信我能飞。

2002

大家第一次一起去后门的小餐馆吃饭,她就注意到他。比她高一届,是老台员,一年前就考进广播台做节目。听他们说,他脾气倔,读了一年不喜欢的机械,拼死要转专业。于是,坐在斜对面的这个人现在和她同一级,学管理,脖子上挂一副耳机。圆桌上摆着蚝油生菜,辣子鸡丁,玉米烙。他拣出一块沙拉酱少的,用三根手指捏着,默默地吃。台长端起杯子,在玻璃转台上敲两下，顿一顿，还是说出那句每年都要被重复一遍的话。

欢迎大一新生，加入我们的大家庭。

大家微笑着，没有人回应。

不过有些人已经加过一次了，还非要再加，台长转向他，笑声忽然就爆发出来。

气氛变轻松以后，台长让每个人介绍自己。

她紧张起来。去考台那天他们也问她同样的问题，你叫什么，哪里人，为什么要考广播台。她手上攥着那张一进门就每人发一份的报纸，折成小方块，把要念的那一段翻在最外面。说我叫阿山，本地人，来考广播台是因为我喜欢听广播。电视太热闹了，像表演，广播看不见人脸。

一群考官，她忘了里面有没有台长，但记得有一个是她后来那位爱笑的师傅，看着她说，声音挺好听。

倒没想过自己的声音好不好听，反正已经很久都没用了。而且，声音不是本质。阿山的声音就不是很好听，有点沙沙的，让人觉得她也是那种没什么朋友，一个人捧着书长大的孩子。

一个个轮转过来，快到她了。她又像从前那样，感觉到整个包厢的空气一点点变硬。她像只螺丝钉，那些人每说一个字，就把她往不可逃离的方向旋紧一圈。没关系的，她调遣自己的眼睛，别盯着面前已经吃光的菜盘，放下筷子，看看其他地方。抬起头，才发现所有人都望着她。

我叫阿山。机械地说第一句话。说出来大概就好了。

没想到斜对面还是有一个声音问，你叫什么？

阿山。

我说你的本名。

那一瞬间，她竟然一片空白。是啊，她叫什么，为什么在突然被问到的时候会想不起来？

……张锦琳。

哦。

然后就轮到下一个人。

那已经是两年前的事了。这两年来，她对广播台慢慢熟悉，闭上眼睛也可以穿过小树林，从那幢红砖楼房圆拱形的边门进去。上楼，右转，经过两栋楼之间的连廊，广播台就在连廊的那一端。推开门，外间放着一张长桌子，十几把椅子，放音台，电视机。里间贴着吸音壁纸，两台做节目用的电脑，一柜子CD。

她的节目每星期一期，一个人做。一开始由师傅带着，教她刻光盘，用软件，把话筒调整到怎样的角度才能在说话的时候少一点喷音。前几次都是两个人对谈，在后门吃完饭，淘几张碟，端一杯奶茶就开始随便侃。她不习惯，总想把要说的话记下。没关系嘛，师傅说她，你放松点，我们又不是直播。

据说在早几年，广播台的节目也是有直播的。你可以听到一半跑出宿舍，写一张小纸条给同学点歌，从门缝里塞进去，类似于某种狂欢。后来出了跟政治有关的播出事故，就改成了录播。录播安全，可以审查，也可以剪掉那些嗯嗯啊啊，让说话的人不口吃不犯错，做一个完美无缺的机器人。

然而回想那段时间，剪得最多的不是谁说错了什么，而是师傅的笑。师傅是四川人，有个同班的男朋友，在自我介绍里说自己"骨头里活泼"，一说错就笑，说对了也笑。笑声看不见摸不着，但通过话筒传进电脑，就是啪一个厚重的长方形。那是笑声，师傅说，一块笑声。教她按空格把画面停住，返回那个位置，选中头和尾把笑声摘出来，去掉。

等她自己录节目的时候，再没有那样的形状了。她的形状像鱼，一条一条，隐藏在隔得很远的湖泊里。

每周一开例会，选题上报。看看你们这些不安分的脑袋里都在想些什么。有一次她想做自杀诗人特辑，台长说不行。别宣传这些东西，要说些好的，愉快的，正面向上的。她不知道什么是正面向上，什么是负面向下。后来明白了，原来是换一种方式，用播音腔把别人说过的话再说一遍，这个意思。

《午夜飞行》被安排在星期二，由他放音。每个台员每星期都要给别人放一天音，像她自己，在星期五给新闻组放新闻。放音的那个早上不能睡懒觉，六点起床，赶在六点半准时放起床号。如果来不及，牙也不用刷脸也不用洗，先从床上跌下来，冲到广播台把全校的人叫醒要紧。空旷嘹亮的起床号响彻校园，听到的人在被窝里翻一个身，蒙住眼睛继续睡。上完两节课放广播体操，趴在二楼窗口望出去，真的有老师和校工排着队，在小树林旁边的草地上伸展手脚。

午夜飞行,他把放音记录本上写着的栏目名称念出来。为什么要叫这个名字?只能在白天听到的节目里有午夜这两个字会感觉不合时宜。

因为我就是个不合时宜的人啊,她很想这样回答。而且飞行从来都是在午夜的,圣埃克苏佩里写过一本书叫《夜航》,你听过有什么东西叫日航吗?如果他笑了,她就继续说,其实是因为,在我最痛苦最难过的那两年,一个叫阿山的电台女主持和她的《午夜飞行》给过我抽象的,但也是唯一的精神安慰。

当然是没有说出口。虽然在做节目的时候,她可以关上门,把灯光调暗,一个人对着话筒,用声音让身体漂浮起来,吐字如念咒,制造出一个与现实世界完全不同的梦境,但是在他的注视下不能。她觉得屋子里太热了,只想转过身,把所有的窗户都打开。窗外的广玉兰开出一朵朵白花,像鸽子,停在树叶上。

她担心自己就快要燃烧起来。

火光灌满房间,把鸽子烫痛了,一只只飞走。

不过这个名字还可以,他在背后说。

是这样的。

他一定没听过阿山的节目。奇怪的是,那以后阿山也不做节目了。十二点到一点,像被偷走,被抹去的一个小时,大家都睡着了,没发现有些事情的格局正在慢慢改变。她躺在宿舍的床上,摸出听英语广播用的短波收音机,在黑暗里插上耳机,搜索那个曾经一直在那里的电台。只有音乐。她耐心等着，以为在一首歌播完之后，阿山会像以前一样，从黑暗里慢慢显影，对她，对电波连接起来的每一个人，每一个她看不见，也看不见她的人说些什么。可是，后面是另一首歌。

也没人来骂她，往广播台挂在教学楼底下的听众信箱里扔投诉信，说什么东西，这个女主持，光天化日之下竟敢盗用别人的节目和名字。一切都太安静了。说听众，是说话的人过于自信，假设听见的不止一个。有一两次，从教学楼走向广播台的路上，节目的序曲正好从喇叭里传出来，她看看周围，没有谁仔细听。走路，聊天，低下头看手机，广播里的声音不过是硬生生被灌注到这个世界上，千千万万种来源中的一种。而校园里的其他人，那些聪明的、坚硬的、能适应一切也被一切适应的人，是不是早就在午夜来临之前入睡，不需要求助于一个隐蔽的同类，也没有被自己逼到发狂的阶段。

对她来说，那样的发狂有两次。第一年高考落榜，她知道，不能再浑浑噩噩，掉入幻觉的迷宫，放纵想象飞出身体，飘到她自己都不能预料的地方去。最严重的那次，她关上洗手间的门，捂住耳朵，觉得听外面的人再说一句考试她就要尖叫了。放手的时候，看见墙角有一个人倒挂下来。

所以第二年，她选择忽视，把自己当作一块木头。有任何感觉涌上来的时候，再强烈，再细微，都不像以前顺着它走。魂魄被按压到盒子里，盖上盖子，小心收好。复读班的老师对她说，张锦琳，你明明是个不错的学生，怎么去年连三本都没考上？是失误了吧，别太紧张，今年好好考，一定没问题。

确实没问题，吃鸡蛋，削铅笔，进考场。

终于游上岸，用一种别人不理解，她自己有时候也不能理解的艰难。搬去学校以后，爸妈总算可以跟邻居说，我们女儿住大学宿舍去了。第一晚躺在那个写着她名字的下铺，透过蚊帐看上铺的床板，她想起小时候，爸妈做生意，忙起来就把她丢到外婆家住几天。老人睡得早，天还没暗就洗完了脚，开一盏黄绿色的小灯，在厨房烧最后一壶水。她睡不着，躺在床上看天花板上贴的报纸。太高太远，看不清写的什么，但一张张照片，一块块粗字标题，连起来就是又一个新的图形。满天无穷变幻的故事和奥秘，生龙活虎，却淡淡的，沉默着什么也不说。

害怕有些东西会苏醒过来。她还有能力，让自己被冻坏的神经一点点恢复吗？如果真的恢复，能不能把它们控制在界限之内。什么是界限，界限在哪里。好像有一个开关。现在你可以放轻松了，他们说。于是，往左拨。

转专业那年你是怎么想的，她把监听的音量拉到最小。

就是想转，不想学机械。

是不是很累，听说要把原来的专业也读好才可以申请。

也没有吧。

你觉得经历过什么特别困难的事情吗？

肯定有，但是一下子想不起来了。

哦。

阿山是真的不见了。这个在她之前给自己取名叫阿山的人，一个虚拟的，听觉的存在。她知道阿山不是本地人，有一次在节目里说到乡愁，阿山说，乡愁这个东西，是离开了以后才慢慢生长出来的。如果有颜色，它不是单一的黑或者白，它很含混，捉摸不定。离开家乡越远，越久，它就越浓郁。如果你真的回家了，它又飘走了。它就跟回忆一样，会在我们的想象里越变越美。然后她说起自己的家乡，小时候上山放羊，采猪笼草，和邻居家的孩子们打打闹闹。如果不是来城市上学，有可能现在还留在山里。

那么，阿山是回到山里去了吗，还是去她说过的地方，潜水，探险，过不一样的生活。那时听阿山说起这些，出现在脑海里的是一座座漂浮在地图上的小岛，烟雾缭绕，她觉得自己是不可能有机会去那里的。后来上了大学，买杂志，看到广告里写着五天四夜的价格，才几千元。原来，那么便宜就可以过不一样的生活。

还有一种不可能的可能，是阿山从地球上消失了。只能有一个阿山，她用了她的名字，就替代了她的位置。

吃完外卖的牛肉米线，他从座位上站起来，抽两张纸巾，先擦嘴，再用干净的部分擦桌子。擦完扔进外卖盒子，用塑料袋扎起来，丢到门外的垃圾桶。再一次进来，他会顺着桌子走几步，伸个懒腰，看看节目还剩几分钟播完。然后把 CD 退出来，在放音本上签字。

例行公事的那种。签完顺便写几句留言,像那个时候的BBS,大家都写,跟楼上楼下的人打招呼。

早起困死了。或者——

今天节目里提到的那本二战的书是什么啊,能不能借我。或者——

下雪了。

下一个人会在底下回答,不借。

他的每一条留言她都读好几遍,趁没有人的时候翻前翻后,看是不是只给她写。当然不是,其他人的栏目下面,他也会凑凑热闹,用那种一眼就能认出来的圆珠笔字写两句评语,气氛更轻松愉快。滚,有一次他写给一个男生,说明他们关系不错。这期歌好听,是写给和他做一个栏目的小师妹。

他们的栏目是音乐,一个看起来跟任何人都有点关系,其实隔着山隔着海的领域。他也会和她聊一聊音乐,问她喜欢听什么类型的歌。这可能是一种试探,她告诉自己,好像看到辨别同类的扫描仪开始启动,经过她,停一停,是时候给她机会好好表现。

全身的细胞开始发热,我应该怎样,假装成一个在里面的人。

说一首歌名。她害怕他的眼神黯淡,也害怕反过来,显露出一点点想要追根究底的光芒。就像他听见监听里漏出来细微的旋律,随口说她,你放的背景音乐有点奇怪。像那些让她感觉到阴影的有语感的人，说话喜欢用抽象的，但是比具体更精确的词。他说奇怪，说明他身体里带着坐标，天生就知道原点在哪里，感觉到一点点不对劲，就分辨出其实她在外面。

是的，她从来都在外面。音乐是屏障，没有疏通她，反而把她和词语隔绝。她觉得自己是绝缘体，电流过来了，每个人都被激到浪尖，只有她，再一次感受到上帝赐给自己的是一具多么木讷的身体。难得几次和同学唱K，她躲在角落，摇一会儿手铃，借口去上厕所。会听音乐是一种怎样的感受呢，像画画用对了颜色，写诗选对了字，被细小的针尖扎到，又清醒又腥甜的滋味吗？

唯一喜欢的流行歌曲，是歌手在九十年代唱红的几首老歌。旋律简单，歌词太好，以至于每一次重听，她都想往椅背上靠，再仔细尝一遍几乎可以背出来的歌词。歌手已经很少出专辑了，离上一张大概有五六年，他好像活在另一个世界，想象里只有快乐没有痛苦的世界。但是她知道，即使在外太空也不会有这样一个世界存在，因为说到快乐的时候，就已经承认了还是有不那么快乐的时刻。

他一定也是，舞台上光鲜。不知道为什么告别舞台，她希望他是享荣华富贵去了。生命短暂，如果贪恋富贵荣华，就好好享受一遍。但是她感觉，他和她一样，也不是那么顺畅的人。像两个异类，生活在光滑如肥皂脱手的人群里，就必须接受，到头来成功这两个字不会和自己有什么关系。别说不是这样，如果不是,他为什么闭上眼睛在灯光里唱,愿再无来生。

滋滋滋,咔咔咔,然后是一片寂静。仪器扫过她,继续往其他地方去,留下显示屏上白茫茫雪花一片。

签完字,关上机器,他就可以走了。

他把包放在桌上,停了一会儿,看不出要走,也看不出要留。

你下午有课吗?他问。

嗯……没有。

那你干什么?

我想在这里看碟。

买了新片吗?

对,有好几部可以选。

哦,那我先走了。

门轻轻关上。空气颤一颤。她把上星期从学校边门音像店里买的盗版DVD推进影碟机。

还是有一道门关着,或许一直关着,也不止一道门。她觉得很多事情都很困难,比如从来就不知道的,开端如何才能成为开端。别人的生命里都发生了怎样的偶然,或者她是被怎样的必然禁锢住,在某一个关节生了锈,就是做不了那种打开一扇门的事情。

孤独,沉默的大学岁月,不断诉说又无可诉说。喜欢的人就在眼前,但是过两三年都像在重复第一天。他们一样隔阂,疏远,有时候有亲近的冲动,给人希望,然而又退回来,站回河的两岸。

她记得那次是他问她，想不想买一个CD机。他有个中学同学家里开唱片店，进到一批快停产的老牌子，音质很棒，跟他现在用的一样。他把手绕到耳朵后面，摘下耳机，还残留着音乐和温度的，递过来给她听。

她捏住它，仿佛捉一粒转眼就融化的雪。

是不是很不错？

嗯。

想要的话我可以帮你买。

好，那我买一个吧。

真的吗？

嗯，我也想学着听音乐了。

好啊。

他很高兴，坐近她身边。拉过一张白纸，在上面涂涂画画，一边在嘴里念，这些就都跟我一样好了。她在旁边听着，觉得是不是就要开始，好像有一个开口，天空忽然被人剪了一刀，有星星流出来，未来和一切就都在里面了。

几天之后，他把机器带来，看着眼熟，确实跟他的一样。男孩子喜欢的黑色，经典机型，放CD的位置有一个小小的视窗，按下play键以后，光碟会在里面缓缓旋转，像一只快要升空的飞碟。她想起有一个星期三，他通常做节目的时间，在食堂吃过晚饭，她不想回宿舍，穿着皮鞋在操场一圈圈走。最后，发现自己走到了广播台楼下,录音间的小窗口微微发光。她上楼,打开门,透过玻璃看他一个人自言自语。电脑屏幕发出冷光,和他之间隔两只麦克风。那个时候,白色耳机线也和现在一样,像攀爬的山峦,弯弯曲曲切割他的身体。

那一两天,她好像梦游,走到哪里都戴着耳机。听他推荐的音乐,外国歌手,一个个拿着名单到音像店简陋的纸盒子里去翻CD。晚上宿舍终于安静下来,她躺在床上,怀疑自己是不是发了一场令人晕眩的高烧。像一个信徒,她想混到离开音乐就好像活不下去的人群里去,他们是一个团体,说相同的语言,在相同的世界。一直以来,那个世界对她是关闭的。

而假的始终是要被排异出来。

他说这周末可以和他一起去同学的店里买新的CD。

我每过一段时间都会去扫荡一次。

他用的是扫荡。她觉得,他说话好像开始变得轻松。这是某种征兆,某种一个人开始接纳你,可能还想要取悦你的征兆。

她点点头,甜蜜地说好。

到星期五都没有和她确认。挨过星期六,她犹豫着要不要主动发问。我们还去吗,在手机上一个字一个字敲击出来,她告诉自己,鼓起勇气,就像蚂蚁招呼同伴那样伸一伸触角吧,或者当亲手把梦击碎。

几分钟之后回复来了:去哪里?

她不能回。

然后就像那个成语说的，祸不单行。她在一节英语课上把CD机放在大教室的桌子里忘了拿，等到想起来飞奔回去，已经什么都没有了。

一切像日照一样坦白。

2013

陈佳打来电话，叫她礼拜天一起去采草莓。

没空啊，她回答，一边还在刷网页，看有没有新的邮件进来。

忙什么呢？

就是那篇日本建筑师的稿子，一个字都没写，还在等他们发照片过来。

又是工作，陈佳说，别想那么多嘛，工作总是会做好的。我每次写稿子就不管时间，该玩玩，该睡睡，船到桥头自然直。

你和我不一样。

她知道陈佳和她不一样，虽然是两个生产日期接近的人。入职第一天，陈佳问她，你九月生的？她说是啊。陈佳说，我也是。一对日期，差三天，从此两个人形影不离。一起吃饭，一起逛街，陈佳生了孩子以后，也一起带团团出去玩。但抛开这些，她们是完全不一样的人。陈佳从小上最好的学校，拉小提琴，不到十五岁就跟着乐队出国巡演。她呢，二十四岁大学毕业，发第一笔工资，才意识到自己也是有能力离开这块小小的地方，到外面看一看的。第一年去了泰国，第二年去越南，其他地方像一个个等待被激活的名词，排列在接下来的名单上。

气人的是，轻松愉快的人做什么都轻松愉快。陈佳故意气她，说读书这么简单的事，只动用了我百分之三十的智商。她笑笑，说还好以前不认识你，否则我一定不会和你做朋友。我那时最讨厌成绩好的学生，也不是讨厌，就是很奇怪，为什么他们有那么多时间学习，还有那么多时间休息。集中嘛，陈佳回答，做一件事情的时候不要想另一件事。还有就是，放过自己。

她知道陈佳说的是什么。她见过她的工作方式，先在本子上画结构，搞清楚段与段之间的关系，然后在浩如烟海的资料里只选取自己想要的。她很想把陈佳的胸口挖开看一看，是不是藏着一根定海神针。因为真的很难，就跟生活一样，适时进入，适时退出。

她觉得自己已经比从前好多了，但还是有点笨拙。每次写一个人的采访，都要吸一口气，让自己沉入一个进去了很可能就出不来的海底。像穷尽一种可能性那样，把能找到的每一个字读完，才敢写第一句话。也不写判断句，不写"他想"，又不是他肚子里的蛔虫，怎么知道他怎么想。

别这样啦，陈佳说，你那是强迫症。没有人会在乎你写下的东西严不严谨，就算再严谨，世界上也不存在纯粹的客观。像那个建筑师，他的画册有那么多本，再给你一星期也读不完啊。还是来采草莓吧，团团这周末在我这儿，你来陪他玩玩，把丁老师也叫上。

结果是答应陈佳去采草莓。丁老师开着他爸的车,把两个女人和一个小男孩拉到北郊。她不死心,包里还是装着一叠打印出来的采访稿,按时间顺序一篇篇排好,坐在草莓园旁边搭出来的小棚子里看。陈佳过来,说你这人真没劲,别这么认真嘛,太认真就不好玩了。她继续看,陈佳就不理她,回到园子里去了。

丁老师带团团玩。团团第一次见到他的时候,躲在陈佳的裙子后面笑。那时他才两岁多,不会说完整的句子,是一个羞涩的小男孩。第二天上班,陈佳一到办公室就哈哈大笑,说团团说,丁老师长得像爸爸送给他的玩具,装在小吊车里控制方向盘的塑料小人,戴黄帽子。还没说完,又笑到不行,让她也忍不住,上去拍她的手。好啦好啦,陈佳停下来,所以,团团给那个小人取名叫丁丁。过了一阵子,他们到陈佳家玩,团团走过来,在丁老师面前摊开手掌:丁丁坏了。一看,是那个小人断了一条腿。

小孩真是无厘头。不过丁老师确实长得滑稽。眉毛像两个漆黑的方块,圆脸,大鼻子。第一次和他相亲,她也被吓了一跳,很少看到谁面目这么清晰。但是丁老师人好,对她也好,做的红烧肉和鱼香茄子非常好吃,还有一种说不出来的亲切,好像他们上辈子是兄妹。是兄妹也好啊,有时候她想,看周围那么多夫妻,从本质上说,有多少是真正的情人。有意识或者无意识,全都是父女,母子,某种管辖与被管辖的关系。丁老师关心她,不约束她，也不会强求一定要回报给他爱，像一种隐蔽的要挟。她觉得，和这样一个人在一起是安全的，温和，但不会太受牵制。

她结婚，最高兴的是她妈妈，说太好了，看到你终于安定下来，妈妈这辈子最大的心愿实现了。如果你能在这两年给我生个外孙，那就是完美无缺。那个夏天以后，她发现妈妈开朗很多，在路上遇见熟人，也愿意停下来多聊几句。她记得以前，妈妈是一个一回家就要把门关得死死的，决不让邻居听见他们在说什么的人。

那个时候陈佳还没有离婚，和她共用一张办公桌，坐她对面，中间隔着显示器，她的仙人球，茶杯和团团的照片。去年年中从报社辞职，也离了婚，去一家新杂志做副主编。陈佳看得开，跟团团爸爸还是有往来，每个周末交接孩子，有时候一起带团团去看电影。她和丁老师也经常陪团团玩，现在团团长成了一个耀武扬威，会拿着水枪朝她飙水的小孩。

团团是半年前知道爸爸妈妈分开的。她问过陈佳，孩子这么小为什么要告诉他。陈佳反问她，不然呢。可能也对。陈佳是那种更接近自然的物种，遇到事情不会像她思前想后。团团长得好像也很健康，只是保护妈妈的意识过于强烈，有一次她叫陈佳小名，团团拿着水枪冲到她面前，像抓到坏蛋一样大喊一声：不许叫我妈妈佳佳陈！

采了快一个钟头。他们都回到棚子下面，点几个菜一起吃午饭。她收起资料，问陈佳最近工作怎么样。你好无聊啊，陈佳说她，难得出来玩，还老是工作工作。你以前是不是那种大年三十都要把作业本带到爷爷奶奶家去的小孩？还真的是，她笑着回答。团团在旁边跳：妈妈，什么是大年三十？

陈佳说他们在准备几个选题，有机食品，茶，北欧设计，香港流行歌曲的黄金年代。听到最后一个，她停下问，你们要做哪些人？还没想好，陈佳回答，具体的我不管，我们那儿有个特别懂音乐的男孩子，就交给他去做。但有些人肯定是逃不掉的，张国荣，梅艳芳，Beyond……一个个都是大人物。她问陈佳，有没有想过要采访他呢，然后说出歌手。当那个名字像一粒微小而丰沛的浆果在舌尖裂开，她才发现，这种感受是陌生的。她从没有向任何人说起过他。

他——陈佳拖长尾音，思索了一下——他的影响力还不够大，是唱红过几首歌，但也就那几首吧。

说得没错。如果不带感情去看，他确实是那个曾经璀璨的天空中一颗转瞬划过的流星。用陈佳的话说，如果当时真的辉煌过，在记忆里留住那种辉煌就好了，见好就收，退隐了就别再复出。除非越过越清醒智慧，否则大多数人老去的过程是没有什么好展示的。就像他，两三年前回到大家面前，人胖了，头发也少了，学年轻人来内地发展，但毕竟岁月不饶人。他人是很好啦，陈佳说，用那种下坠的语气，可是……

可是不合时宜。

在青春旺盛的时刻，他离他们很远，远得像一个神话。他以为别人喜欢的是他，不知道那些目光穿透了他，更爱他代表的那个空想中的世界，伸手不可及。乌托邦与年轻矜持有才华的身体交汇在一起，在那一刻闪闪发光，过去了就再也不回来。现在，无论是后悔还是生活所迫，他走向他们，变得那么近。但什么都看见了，也就祛魅了。迎接他的是一个大众狂欢的时代，新的会瓦解旧的，直到所有声部同时发声，没有新的，只有一夜就坍塌的废墟，和停不下来的更新，更新，更新。像他这样的老歌手，不怎么有名，从浪尖上下来，只有过气这一条路。或者去参加比赛，供人调笑，活动全身，把优雅扔掉。还有什么优雅可言呢，古典被瓦解了，只剩下滚滚往前的河流。是扎进去，忘了自己，还是留在岸上，被人遗忘？

　　她知道他的答案。因为看见他在电视上笑，站在大大小小一排明星的最右边。众人合唱，每人一句，话筒在几代人之间传来传去。她闭上眼睛，分辨他的声音。在心里说，无论你做什么，我都爱你。即使不懂你，我也接纳你。人世寂寞，你一定有你的苦衷。

　　要不要把这些都告诉陈佳呢。可是从何说起，那就只说一句好了——我小时候很喜欢他。陈佳抬起头看她，一只手抓着团团，有一点漫不经心。她喜欢这种气氛，很好，不要太注意听，否则会说不下去。那时候，我很少听音乐，觉得音乐像风，刮过我的身体，不会留下什么。唯一喜欢的歌手好像就是他了。你说得对，我就是那种会把作业随身带来带去的孩子，那是我的超我,我希望自己每天都可以按时完成,做个好学生。可是我控制不住自己。明明有那么多功课,我就是不想做,偷偷去做其他无关紧要的事情。比如,高三的时候我做了好几本他的剪报,一边很自责,一边很快乐。

就是这样。那个时候,他偶尔会上杂志,基本是杂志内页,明星八卦里一个小小的身影,旁边配对话框,写着编辑杜撰出来的莫名其妙的对白。她一页页翻,翻到了,很仔细地剪下来贴到剪报本上,找一支最细最细的蓝色水笔在外面勾一圈边。要是对对白不满意,她会写一个新的,想象他穿着这身衣服,梳这个头,走出门去会遇见的人和事。唯一一次,他上了杂志封面,因为接拍一个公益广告,把收入都捐给了慈善基金。那一期,杂志还随刊附赠一张VCD,据说是他的访谈,里面有活人呢。她欣喜若狂,骑着自行车,从城市的西面跑到东面,一看到书报亭就跟跄着靠边,问有没有。终于在一家超市买到,天都黑了,好厚一本,用当时感觉很新鲜的塑料纸考究地封着。回家以后,她拆开塑封,没舍得扔,也不舍得剪,看完杂志,原封不动装回去。VCD不能看,因为那时她家还没有影碟机。

十八岁生日,正好是第一年高考落榜,她快被自己折磨死了,没心情庆祝,怎么有那个权利。爸妈说还是出去吃一顿吧,十八岁,一生一次。她说不要,蒙着被子一觉睡到傍晚。太阳快落山了,她醒过来,看着窗外。忽然觉得,还是需要一个仪式,来纪念短短的十八年里重重跌落的这一次。如果他在就好了,她想，坐在她对面，看着她，拥抱她。告诉她别害怕，一切都会过去。都会过去的，不是吗？

他不会出现，那么，看一看他住过的房间也好。她推出自行车，在夕阳里骑了五十分钟，路过动物园，路过河，来到另一个区。阿山在书里写过的那家宾馆。不知道是哪一间呢，他曾经在里面短暂地停留，停留也是一种生活，片段的生活。演出和采访都结束以后，他回到房间，脱去外套，脱去在人群里混世沾染的别人的气息。把电视打开，调到最轻，只需要画面在墙壁上闪光。洗热水澡，把自己泡软，换上干净的，被洗衣液和阳光浸得松松脆脆的白色浴袍。然后，他走到窗口，望向她站立的地方，手里握一杯酒。

宾馆左边，有一家灯具店，卖欧洲灯具，英文名字，直挺挺地翻译成中文。满室隆重的吊灯，黄黄的像一个梦。她把自行车停在对面，假装没什么目的，从包里掏出傻瓜相机，对着宾馆和商店按了快门。行人来来去去，经过她身边，像一团烟雾，从一天的疲惫里回家。其实没有人注意她，但只要有一阵风，她的脸还是红了。几天以后，她偷偷去照相馆，把照片冲洗出来，清晰的有五张，模糊的还有两三张。郑重其事贴到剪报本上。

是真的发生过吗？有时候她问自己。那种窘迫，如细雨，如迷失。

真难得，陈佳说，第一次听你说，你竟然还有喜欢的明星。要不然我开个后门，把他也顺便采了，让你去做吧，那我不是帮你圆了一个少女时代的梦吗？

好啊，她说，你别笑，我说真的。

两个星期之后，陈佳打来电话，说他们已经商量好这个选题，上七月刊。现在帮她联系采访，写两千字，他的分量不是很够，就多问一些香港歌坛的事。毕竟他虽然不是最大的大咖，也算是那个时代的见证。她很高兴，喊陈佳亲爱的。陈佳停了一下，笑着说，受宠若惊。

一整个晚上，她都在想要问他哪些问题。处在一种，很多年都没有过的亢奋和紧张里。她觉得人生真的很奇妙，有一根线，用某种你不一定能预料的方式把一切都串联起来。有时候线头不见了，你以为它断了，而它只是穿过表面，潜藏在肉眼看不见的内部。突然有一天，它回来了，人类能力有限，只是后知后觉地发现，重遇了一个多年不见的人，不会去探究他在你的生命里到底有什么意义。其实，他和你，一直有一部分紧紧联系在一起。他的出现是为了带你到某个地方，那里有不一样的风景，你会看见命运，看见你自己。

晚饭前丁老师回家，看她在储物间翻箱倒柜，问怎么了。她说有一个采访，要找出以前做的一些笔记，其实是那时候的剪报本。她知道一定在的，只不过过去太多年，一下子想不起放在哪里。

找了半天竟然没有，连她的日记本也不见了。怎么可能，她一直以为自己是那种，谨慎到知道每一件物品位置的人。在整理箱底部找到一盒光碟，其中一张用记号笔写着"20040608"，是她写日期的习惯，但完全不记得里面是什么。看到广播台的台标才突然反应过来，原来是她在毕业前做的最后一期《午夜飞行》。

四年，近五十期节目，每一期都刻成光碟，作为历史存档保留在广播台的CD柜里。临走前，她想过要多刻一套带走，但看到厚厚一叠像走过就会后悔的年轻岁月，想以后也不敢去听，就只拿了一张。

竟然这么多年了，她想，以为自己会尴尬，没想到脸上的表情是微笑。翻过来看了看CD闪亮的背面，重新放回盒子里。

近乡情怯。在准备采访的时候，她首先想到这个词。他像是一个她投掷在童年海底的船锚，重重地压在那里，只要他还在，她自卑的，混乱的，让别人和自己都没有办法，又不知怎么会有点怀念的童年时代就不会远去。她不明白自己是怎么被造出来的，上帝一定是想让世界上的人种变得多元，才把通达的人和纠结的人各造一半。小时候不知道自己跟自己较什么劲，关在狭隘的小房子里，看不见外面。而且那时，她不相信自己能活下去，像正常人一样幸福快乐。

那个晚上，她把歌手所有的歌重温一遍。隔了这么多年听起来，他的声音竟然有一点稚嫩，唱着不知道是不是真正理解的，愿再无来生。

采访就在这几天。陈佳说，歌手的助理回邮件，说他们这星期要过来宣传，可以约一个面对面的专访。她列了几十个问题，大到时代背景，小到细枝末节，两千字肯定不够装下所有。在 word 里重看一遍的时候，她忽然发现，自己真正想问的，其实跟这些宏大的，假装饶有兴致的问题没什么关系。她更想知道一些私密的事情，也许在其他人看来会有点神经质。比如，你小时候是一个相信自己会飞的小孩吗？你觉得快乐比较多还是痛苦比较多？从少年到中年，你经历过那么多事情，现在还愿不愿意再有来生？最后就是，你记不记得，已经是十几年前了吧，有一个叫阿山的电台女主持，到你住的宾馆来采访你，当时那还是全市最高级的宾馆呢。采访结束以后，宾馆对面放起烟火，你跟她说，很美吧。

2013 年

迷林

后来回想那个下午,她不再去在意具体的细节,发生了什么,怎么发生的。记得更多的,是那种氛围,像着魔一样,被围困在一个迷宫里。她想起有一次去爬山,一个人,在云南,一座不怎么出名的小山坡上。她从入口的山道上去,一直走,看到有游客在拍照。经过他们身边,沿着小路,两旁的树直入云霄。入口处的守门人在她上山之前随手指指上面,说低得很,走几步就能看到一座已经废弃的寺庙。但是越往山里走,她发现路越小,后来连路也找不到了。等她察觉到怪异的时候,已经置身一片树林之中,没有人,没有任何参照物。她不知道再往哪个方向走,也根本看不到庙。快黄昏了,她在林子里转了近两个小时。

最后是从一片倾斜的土坡上滑下来的。她预感到再待下去就有点不对劲了,四下看看,选了相对平整的一面,抓着树一点一点往下挪。从一棵树到另一棵树之间,时间像是被拉长了,她必须握紧脚底,不让自己顺势俯冲下去。只要一不小心,那股势就会卷着她，速度越来越快，直至失控。所以，每一秒钟，她都感觉在和某样看不见的东西搏斗，至少，是僵持。

下到平地的时候，腿已经僵硬了。

落下来的地方不是游览区，围着围栏，外面有几排低矮的民居。一群孩子在家门口的台阶上说话，看见一个陌生人从围栏上翻过来，都转过头，盯着她。她走过去，问他们，山上有没有庙。他们说，有。她问在哪里。一个孩子用当地口音告诉她，就在那里。她说找了半天都没找到。这黑脸孩子甩一甩头，一副不屑的样子，抄起身就往山上走。她跟上去，地势平缓，半途能望见入口。果然，走不了两步，孩子手一指，确实变魔术一样出来一座土庙。她屏息看着，孩子说里面有羊，带她进去看到一院子山羊。

当晚回旅馆躺着，她庆幸自己捡回一条命。这应该就是别人说的鬼打墙。但是，究竟是怎么回事呢，那个默默与她对峙的对手是谁，因为什么要把她丢到一片迷林之中，出来以后，她又和以前有什么不一样？

就是这样的感觉。

他让她不要去的时候，她觉得一切不能就这样结束了。在电话里说分手算怎么回事，连对人最起码的尊重也没有。那是她第一次恋爱，身上背负了太多规则，必须这样，不可以那样，这种专注和认真是她自己觉得很可贵的，但在他看来只是压力和负担。勉强了一段时间以后，他不想再坚持下去了。她按照头脑中的公式往前倒推，是你不爱我了吗，她问。不是，他说。那就一定是太长时间没见到我了，她想，谈恋爱不见面是不行的。

所以她买了去他那里的机票。

她是去挽回的，至少那个时候她以为是。只要能见上面，她安慰自己，结果一定会不一样的。

之前他一直不接电话，买完机票以后，她把航班号发过去，终于有了回音。你别过来，他说。她耍赖说不行，票都已经买好了。他沉默了一会儿，说，好吧。

飞机又一次降落在那个城市。相处至今，每一次都是她去看他。她知道这样有点问题，但是她会说服自己，他太忙，有重要的事做，爱情不是他的全部。她是一个在感情上没有受过伤害，还保持着所有天真的人。在缔结一段关系之前很慎重，缔结了之后就有一股天然的亲密。像母亲对孩子，她觉得她跟自己选择的爱人之间也有一条脐带连接着，只要关系开始，就会像血缘一样永远延续。但是"永远"这两个字是他最听不进去的，无论说多少次，隐藏在多少个句子中间，他都会像眼尖的狙击手，准确无误地把它们挑出来，一一击毙。世界上没有永远——他重复了太多遍，但是她固执地，不相信。

懦弱的人总是用他们有限的经验和想象力，告诉你这不现实那不现实，但是只要我做到了，就是现实。她这样鼓励自己，不去想当一段感情需要太多次鼓励，就已经离失衡不远了。而且，感情是两个人的游戏，对这句话她一定不会同意，游戏？不对，感情不是游戏。

于是矛盾就层出不穷了。

到达以后，她打车去他家。他冷静地过来开门，手里还捏着看到一半的书。她也比自己预想的冷静，在沙发里坐一会儿，没有冲动地上去抱他，也没有哭。她看着他的房间，和她上次离开的时候一样。这里好像跌进了一个时间的坑洞，什么都不会改变。书和书整齐地按照某种神秘而必然的秩序排列在书架上，没有灰，没有记忆，没有翻动更迭的痕迹。茶几上还是铺着那块桌布，双层的，边角垂落下来。地上放着一只电热水壶，烧着水，冒着细烟。他坐在那里，就像身边没有她这个人。她知道自己总是不在他的眼睛里，以前她会生气，坐到他腿上，强迫他看着自己。但是这一次，她没有。

吃饭了吗，他问。

嗯，吃了飞机餐。

嗯。然后他就不说话了。刚认识的时候他们有很多话说，每天晚上都要抱着电话聊几个小时。但是，慢慢地，他们几乎就不能谈话了。无论她说什么，他好像都没兴趣，不接话，或者忽然岔开，讲一件不相关的事情。这种逻辑的无序让她很困惑，也有点恐惧。她觉得在人的外表下，他们可能是两个完全不同的物种，或者，两种来源。他就像一块石头，巨大，沉重，密不透风。而她是某种有生命的东西。

忽然他开口了。我下午要出去一趟,他说,你就在这里看看书吧。

我也去,这是她的第一反应。她好像终于意识到自己一大早起床,坐着飞机来这里是为什么。

不行,他说。

不行,她也说。

他去见一个找他帮忙的朋友,在一片刚开发的工业区。出租车从高架上走,司机是个四十多岁的女人。他和她聊天,问她每个月要交多少份子钱。她从那个被铁栅栏隔离的区域里很大声地报出一个数字,告诉他做生意不容易,这是她开出租的第七年,下个月打算把弟弟也从老家带出来,跟着她学开车。他问,打车到这里的人不多吧。她说是啊,这地方荒芜,虽然弄了个工业区,来来往往的人还是不多。两个人聊得高兴,下车的时候少算了他们几块钱。

她一路望着窗外不说话。

她不明白,这不是个不会讲话的人,为什么他和一个素昧平生的出租车司机都能聊那么久,和她却没有话。这里面一定有什么她没弄清楚的原理,像物体为什么从天上向下坠,花为什么在春天开,叶子为什么是绿色的,诸如此类,某种天然的确凿的道理。

他们在十字路口下车。前面是一排蓝白相间的厂房,他说朋友的办公室就在那里。她知道他不会带她进去，就说好的，我一个人转转，你结束了给我电话。他没回头就走了。

像那个司机说的，附近确实荒芜。她想找一个能坐坐的地方，喝点东西，消磨时间。转了几条马路都没有。只有一排服装店，一家挨一家，面积都很小，招牌做成看不清楚的英文花体字。她看看时间，才下午两点。她知道这些洞穴一样的小店对她来说就像盐，只有几粒，要慢慢用，就决定从第一件衣服的第一颗纽扣开始逛。不知道为什么，这里的人好像很喜欢珍珠，她在每家店都能看到领子上，袖子上，门襟上，或者下摆上镶嵌着珍珠的衣服。其中一些存放的时间久了，珍珠表面的光泽开始剥落，斑斑驳驳露出里面黯淡的底色。但是她还是耐心地，一件件翻过去。遇见有的店主在柜台后面听收音机，她也在本来就很慢的速度之上再放慢脚步，听一听在播什么新闻。

惊蛰，暴雨，雷电，强风——
所有的商店还是逛完了。

她在路的尽头停下来，站着，回头看看。最远处是一个堆满泥沙的工地，停了一辆深蓝色的卡车。她转过身，往那里走，没什么目的，只是把满口袋溢出来的时间再花掉一点。可能有两百米吧，几分钟就走到了，护栏里面，楼房像一件还没有被编织起来的毛衣。卡车变大，变脏，变旧。再走回来，凝视马路对面的窗户。

还好带着手机。实在没地方去了，她就回到厂房外面，找一块人行道的边沿，坐着上网。浏览器里存着上次没看完的那个帖子，说一个很年轻的中国女孩在美国谈恋爱的经历。然后再链接到有人说自己在欧洲被抢。又看了一会儿零基础教你做咖喱蟹和剁椒鱼头。

也许是这里的行人太少，或者在马路边席地而坐很奇怪，几乎每一个路过的人都要看她一眼。不习惯被注视，她就用余光观察路的这一边，只要远远地有人过来，就假装没什么的样子站起来，盯着手机来回走几步，而且尽量和来人往同一个方向。这样就看不见他们脸上的表情。

快五点了。她有点饿，在那顿简易的飞机餐之后没吃过什么东西。他还是没电话来。她忽然邪念丛生，觉得并不是没有可能，他已经走了。特地把她带到郊区，是希望她再也找不到回家的路。就像那些黑童话里的小孩，父母骑着快马一路狂奔，越过山越过湖，只是为了把他们遗弃到最远的森林。理智告诉她，不可能。但这种恐慌也是很熟悉的，每一次打他电话无人接听的时候，她都觉得自己被什么掏空，然后恐慌就灌满了她。巨大的渺小和无措，仿佛一只蚂蚁，身处荒漠与大海。

她给他发短信，问好了没有。他没回。

这期间，她想起一件事情。其实她不像自己想象的那样冷静，从来都不是。面对感情，她有一种奇异的，颠扑不破的热情，有时候会把自己和对方都烧坏了。这一刻再恨他，只要他重新出现，下一刻，恨就像从未存在过一样，回复到一个固态的，没有被经历过的名词。热情会保护她，也麻痹她，让她失去审视自己的眼睛。她像一个通电的人，被电损坏，热情却源源不断。当他第一次在电话里说分手的时候，她非常震惊，觉得一切就像沙做的城堡，忽然之间就要坍塌了。一整个晚上她都在流泪，睡不着觉，想着怎么让他收回说过的话。答案是，让他害怕，觉得如果他抛弃她，她就会崩溃了，伤害自己，了结生命。她在网上搜别人割腕的照片，想发给他，但是在按下发送键之前突然清醒了。

如果发出去，那么她的整个人生就会不一样了。不是人生的路途，走向，结局那样具体的东西，而是她这个人，她对自己的评价。最后她删了那张照片。

这一次他又说分手，但是她好像没那么冲动了。也许这就是别人说的成长。她宁愿不要这种成长，她不想满身伤疤，变成一个擅长处理感情问题的人。如果可以选择，她还是那么不甘心地，想一恋爱就成功，一成功就永恒。不得不承认，这句话看起来是那么幼稚和不可能。

天上下雨了。越下越大，她没带伞，只好用包遮着头，跑到那排楼房下面躲雨。楼房外面有一个传达室，锁上了门。淋着雨的房子一片寂静，听不见机器开动的声音，也看不见人。一楼是一条长廊，没有台阶，院子里停着的车都把车头伸到长廊下面。她在两辆车中间找到一个能够遮风的位置，蹲下来，双臂环绕着自己。身上穿的是一件春天的中袖。雨洒进来，打湿地面，在她的手臂上留下一粒粒倾斜的圆点。她觉得冷。

不可以打扰他。这是命令，自己对自己的。但是看不到尽头的等待太消耗人，她忍不住还是拨了那个号码。无人接听。她放下手机，想听听楼上的窗子里，有没有哪一格传出铃声。都没有。

不知道别人的感情是怎样的。在她仅有的这段感情里，经常会遭遇这样的苦境。叫它苦境也好，或者某种坏死的东西，毒药，砂纸，灰指甲。说起来都是很小的事情，过去以后也不好意思向谁抱怨。但是在经历的当下，她觉得几乎就要死一遍了。

六点。时间是一秒钟一秒钟这样过去的。

她决定离开。人在最冷的时候，想到的无非是热饭热茶，最好还能泡一个热水澡。她记起去年五一，同样是她来看他，他没有时间陪她。她一个人，在那个暖融融的下午，跑去一所大学附近逛书店。书店很小，做学术起家，后来隔出一半区域卖二手书和画册。她查了地图，都说难找，要从大学边门进去，穿几条巷子。但她一路走一路逛，也没有费什么事，自然而然就站到了书店门前。买了几本书，请营业员盖上书店的图章，在旁边写上日期，觉得很满足。从书店出来，看见附近有很多学生喜欢光顾的馆子，就随便进了一家，坐在二楼靠窗的位置，点了饮料和蘑菇培根比萨。没想到的是，这家躲在小巷子里，进门时连名字都没有注意的小西餐店，比萨做得特别好吃。她旁边那桌，几个中学生一人捧一个大杯可乐，插两根吸管，稀里哗啦搅着冰喝，一边嘻嘻哈哈做数学题。让她觉得心终于安静下来。

她打算再去这家。没有你，我一样可以过得很好，她告诉自己。不是那种励志的语气，只是，想找一个不那么困难的方法，让生活继续下去。

她冲进雨里，来不及等信号灯，看左右没人，就举着包跑到高架底下。淡蓝的上衣被淋成深蓝。往来时的反方向打车，车少，下了雨就更少。她一直伸着手，马路空空的也不放下来。忽然想起那个从小就听到的笑话，既然前面也在下雨，你为什么要跑？

这时电话响了。他说完事了，现在就下来。

她不想看他，背对着楼的方向。他斜背着包过来，叫她。饿了吧，他问，听得出声音里有歉意。去哪里吃饭？他很少把主动权交给她。她不说话。先打车吧，他说。

半小时以后，终于打到了车。

这是她第一次在夜晚来到这所大学。七点多钟，天还不算太暗。像所有后来改建的学校一样，校门顶端总是挂着几盏射灯，荧光绿，把学校的名字照得如同鬼片。车在边门停下，他问她去哪里，她简短地说，先去书店，再去吃饭。他没说什么，顺从地跟着她走。

按照记忆，她钻进一条小路，两边都是别人家的窗子。路口的灯光特别亮，一排摊贩，卖玩具、贴膜和DVD。然后会经过一座花坛，转个弯，从左手边第二条路走。她不记得是不是第二条路，但没关系，只要站到那个位置，回忆就会涌上来，直觉带着她走街串巷。最后她很确定，从这条巷子穿出去，书店就在对面。

快到了，她说。

然而不是。正对着他们的是一家儿童服装店，橱窗里两个穿条纹泳衣的木头小孩，一人戴一顶帽子。她不相信，推门进去，有层层叠叠花边的微型衣服遮没了墙壁。隔壁是一家房屋中介。再往两边，就都是闭着门的民居。

他在她身后站着，她有点焦虑。这里应该是那家书店啊，她说，怎么找不到了。

退回路口。她想找人问问，却没有一个看起来学生模样的人，刚才在大学问一声就好了。她打开手机，查地址。

他摸出火，点了根烟。也许关门了，他说。

不会吧，才七点多，应该会开到九十点钟吧。她一边联网，看E旁边那个小圆圈疲劳地转着。

关门了，倒闭了，关张了！他大声说。

她不可思议地望着他。你说什么？这家书店已经开了快二十年，最艰难的阶段都熬过来了，他们是不会倒闭的。你知道吗，在说到这个城市的时候，除了你，我第一个想起的就是这家书店。它是一种精神的象征。

他不回答，继续吸烟，让她觉得好像不是他太过轻浮，而是自己反应过度。她知道，她这种义正词严的训词是他非常反感的。而且他这个人，只会关心最终读到的是什么，根本不在乎世界上有没有书和书店这种东西。

然后越发陷入僵局。

最后一次站回童装店门口，她向老板打听，这附近是不是有一家书店。老板说不知道。她说，我记得原来就在你这家店的位置。老板说怎么可能，从来就没有什么书店，他开这家服装店也已经好几年了。

她一个人在前面走，他丢了烟头，在离她很远的地方跟着。她焦虑得胃疼，又感觉到那种压抑的，莫名其妙的紧张。他应该是她最亲密的人，但是在他们有限的共处一室的时间里，她总是被不明来由的焦虑钳制着。回头看他，他低着头，脸上没有表情，快撞到她才停下来。回去吧，他说。不行，她说。他不说话，就这样站着。她也不动。像两个剑拔弩张的人。她抬起手，给他看屏幕上终于显示出来的那家餐馆的地址。不去书店，至少去吃饭。他推开手机，说这里路乱，岔道又小，名字和名字对不上。她忽然很生气，说什么破地方，竟然有地址也没用。其实她知道，他们可以不去那家的，随便吃点什么，填饱肚子了事。

但就像在和谁斗气，必须去，一定要去。

路像一团乱线，在她面前织出一张大网，各家店门口的灯光又浑浑噩噩地来搅事。他们走到头疼,像两个愚昧的朝圣者,把走过的路再走一遍,穿梭在一次比一次嘈杂的人群中。每一家店都像,每一家都不是。尤其是那些也有二层楼的,窗户上贴着庆祝去年圣诞的贴纸,兴高采烈,露出没有忧虑的食客们上半身的影子。也有几间酒吧,跟别的城市的酒吧一样,门口有人拉客,透明的橱窗后面是穿得很少的女人和大块大块的光。她被来去的路人撞击着,意识到自己又掉进某种阴谋,就是用唯物的说法完全说不通的,一个预谋痕迹严重的陷阱。再找下去就是愚蠢。

是的,她如梦初醒。即使那家店在那里,也不会让你找到。

他似乎是谈恋爱以来唯一一次尽责,在转角的水果店裸露的灯泡下面打听地址。以前每一次,责任是与他无关的,说好的承诺都不会兑现。你能想到的所有,约定的通话时间,来她的城市看她,与她发展出一段被人承认的关系。但是她不能苛责他,因为她也是自由的,如果她有力量脱离对方施加的不公,无论那个人是以爱人的名义还是魔鬼的名义,她随时都能走。

但是她无能为力。

她几乎像逃跑一样,跳上出租车离开那盘乱糟糟的棋局。他在马路对面,其他男女老少之间,没有注意她。她坐着车在人群里突围,最后开上那条在这个城市里她最熟悉的路,拐一拐,就到了他家所在的那个小区。她暂时没有别的地方可去。

她坐在他家门前的楼梯上。以前她曾无数次想象这个场景，在他不接电话失去音信的时候。她想，不怕，至少我知道他在哪里，如果还是找不到他，我就去他家门口坐着。他总要睡觉吧，总要回家吧，一觉醒来打开门就能看见我。现在她真的坐在这里。

　　一个多小时以后，他回来了，在漆黑的楼梯上经过她的身边。他知道她在，但是什么也没说，开了门走进房间。她又坐一会儿，站起身，也走上去，发现他没有把门关上。

　　那天晚上她还是躺在他的身旁，但是她知道，有些东西就要结束了。以前，她从没有想过真的和他分手，即使他提出来，只要她拒绝得斩钉截铁，她想，总是不会单方面发生的。她这个人，其实一直害怕改变，即使改变以后随之而来的也会有好事，但是在改变的那一个瞬间，她总想等一等，再挽回点什么。她就是在这个时候想起了去云南爬山，遇到鬼打墙的那件事。和今天一样，越是继续她就越清晰地感应到有些东西倾斜了，要往下翻，像山体崩塌或洪水暴发前的感觉，靠她一个人的意志是制止不了的，加上他也制止不了，甚至没有人可以阻挡。身处迷林之中，她像一只不自知的动物，朝四面乱跑，隐隐约约预感到命运的走向，那种必然的颓势。

　　睡熟了，他开始打呼。月光照在他的脸上。她侧身看他，觉得这个人非常陌生。又看周围，衣柜、书桌、沙发。她想，再过十年再来这里，应该还是这个样子不会变吧。他把全部的生活掌握在手里，也许不是他这个人坏，而是这份一成不变的生活里容不下她。硬挤进去，只会是一场灾难。

他到十点多才醒来。她坐在沙发上，看一本以前翻过的俄国诗人的诗集。上一次把这本书从他的书架上抽出来，是她第一次来他家，还不知道他是用什么材料做成的。她在他身上，期待和其他人一样的感情，觉得亲吻远远比读书重要。她看他坐着，给自己倒茶，喝完了又翻下一页，不来看她，就走到阳台上去。阳台很宽，有一层几乎可以躺下来的窗台。她跳上去，背靠窗外坐好，遥遥地看着他。他仍然没有抬头。她握着诗集，无心地翻了很久，肚子里有一团火在燃烧。她觉得自己就要变成一只鸟了，白色羽毛，从窗台直直飞进房间，飞到他的头顶。他专注地把目光落在书上，她用尖嘴巴啄他，一下一下，直到他抬起头，把她抱在怀里。

他从卧室出来，跟她说，走，吃饭去。

他们并排往小区外面走。路两边堆积着隔夜的垃圾。她知道自己实际上不能适应这样的生活，如果他真的接纳她，也许真正的恐怖才降临。经过书报亭的时候，他买了一份报纸。去他常去的那家小店，点了炒蔬菜和清蒸鱼。服务员拿着菜单进了厨房，他翻开报纸，用一种非常古老的身体姿势阅读。

下午他送她去机场。他们没有细谈分手这件事，但是她知道，结束了。这是她第一次失恋。像一条平路出现一个凹坑，她不知道怎么越过去。也许越过去就没事了。他陪她一起排队。

她说了好几遍，怎么办，我们是真的要分手了吗？他说，是的。进安检之前，她又回头，看见他穿着一件红上衣，一直站在队伍的末尾，朝她挥手。

一回到家，眼泪就不知不觉掉下来。不是后悔，只是觉得有一种新的东西在她的生活里生长，她自己既是那个执行的人，也是那个被执行的人，一个命定的继续前行的牺牲者。她拿出手机，像以往无数次那样，拨了他的号码。他比任何时候都迅速地接了。我到了，她说。等待了一会儿，又说，请你告诉我，是不是因为我不够好？不是，他回答，你通情达理。

她又一次流下眼泪，为这个世界上某些用道理怎么也说不清楚的东西。

2013 年

台风天

*

小雅那天关了手机。和阿正说,手机坏了,先送到维修部看是不是修得好。如果价钱不贵,就简单修一修,再支撑一阵子。太贵的话,不如直接换新的好了。阿正说好吧,你自己看,那过节这两天就只有先不联系了。

阿正回江西老家。小雅从超市买了薯片,饼干,手撕面包,罐头装随身带的杏仁巧克力,四条毛巾,一黄一绿两件一次性雨衣。放假第一天,七点起床,把所有东西分门别类装进登山包。原来只打算穿皮鞋的,现在下雨,皮鞋就穿不了了。翻鞋柜,找出一双大学时经常穿的运动鞋。上班以后每天正装,以前的鞋子扔在柜子里好几年没动过。套上,还能穿,只是看起来比皮鞋肥一圈。

出门时天上微微下雨。

八点半到汽车站。说好在领票柜台等。票是几天前在网上预订好的，到了柜台，报密码，机器刷刷刷吐出两张纸。小雅把票对折，装进口袋。离发车还有半小时。

从入口过来一个墨绿的人。上身是墨绿的灯芯绒衬衫，下身是墨绿的裤子。包和鞋子都是黄的，像树在泥里滚过一圈。小雅望着他笑。

"等很久了吧？"

"嗯，没有。"

"背这么大一个包？"

"对啊。"

"里面都装了什么？"

"到那里你就知道了。"

两个人找到要坐的那班。车还没来，检票口锁着门。显示屏上流动着几个血红的大字。他在长椅上坐下，小雅把包放在他旁边，隔了一个座位也坐下来。

"怎么样，还顺利吗？"他问。

"顺利。"

"那就好。就是天气太不好了，没想到会有台风。"

"是啊。"

确定了车和旅馆以后，天气预报才说台风就要来了。他们准备去山里住三天两夜，台风不多不少，也来三天两夜。他问她是不是延迟几天，她想了想，说，还是按照原计划吧。一切都安排好了，机会难得。阿正不是每一次过节都回老家，他的妻子和孩子也不是常常出去旅行。今天说手机坏了，过两天还坏着，听起来就有点奇怪了吧。

车快来了，检票口的人越聚越多。小雅去上厕所，回来的时候，一半的人已经上车。他们也跟着上车找到座位。他记得小雅喜欢坐在窗口，把她让进去，自己站在走道里，托着两只包塞进车厢上面的行李架。

小雅说等一等，从包里取出巧克力。铁罐子咔嗒一声就打开了，咔嗒一声又关上，像男人抽烟。她自己吃一粒，给他也吃一粒，脱了鞋子，盘腿坐在椅垫上。右前方有一双眼睛老是回头看他们，小雅不抬头，让头发遮住自己。等眼睛灭了，再轻轻看过去，是一个扎马尾的农村女人，穿灰蒙蒙看不出颜色的衣服，旁边的座位空着。

一路上小声聊天，聊累了就把椅背放下，半躺着，闭一会儿眼睛。车近浙江，一幢幢独立的小房子越来越多，三四层楼，插在田野与田野之间。雨还在下，天色比早晨更暗，他好像睡着了。小雅一直望着窗外，有一会儿也想睡，但旅馆老板告诉他们，别等到终点才下。快到终点的地方有一个加油站，叫司机停一停，去对面的路口等开到山脚下的中巴。

他可能觉得冷，动了一动，把上车时脱下的外套盖到身上。有一半遮住了小雅的膝盖。像黑夜笼罩大地，天上没有月亮，一只手爬到了她的腿上。小雅对着窗外笑起来。外面的风景没什么变化，仍然是房子连着房子。

后来还是睡过去了。

半途被一些男人和女人的声音吵醒，骂司机糊涂，竟然错过了他们要去朝拜的寺庙，对佛祖大不敬。司机火冒三丈，说根本没人跟他打过招呼，说要在这里下车。更多的人从不知道什么地方涌出来，变成一支浩浩荡荡的队伍，用更高的音调把理由重复一遍，让司机开回去。司机不肯，车子就在原地相持不下，车轮泡在越来越深的积水里。

"为什么这些中年阿姨说起话来都一个样子？"他问。

"不知道。"小雅说。

"你老了不会也变成她们这样吧？"

"你觉得我变了？"

僵持终于有了结果。那队人说他们上了年纪，很难把行李扛过马路，去等返程的巴士。司机同意掉个头，把他们送到马路对面。就是一转身半分钟的距离。一群人带着行李走了，打头的那个穿过雨雾，高高举起一把鲜艳的花束。

*

中巴久等不来，雨把他的背打湿了。

他没带伞。从没看见下雨的时候他会撑伞。小雅问过他为什么，他说喜欢在雨里走，感觉很自由。好像违抗某种东西的意志，小小的，但胜利了。

"那下大雨呢？"

"下大雨就别出门了。"

他们撑的伞是超市送的，买两桶油，瓶身上用透明胶带粘一把伞。当时阿正说，蓝色好看。现在雨太大了，水滴穿透雨布，顺着伞骨往袖子里流。

他去路边的小卖部抽一支烟。

"那个卖烟的说，车很少，有时候一小时也等不到一辆，我们可以坐他的车走。"

"多少钱？"

"八十。"

中巴的车票是每人四元。小雅不说话，握着伞，看雨在远处造出的烟。

十分钟之后，车来了。过道上也流着几条小河。第一排坐着一个扛玻璃的人，淡绿的玻璃，挡住了最后几个座位。"你看，"售票员喊，"我就说了不让你上车，你这样堵着让人家怎么坐嘛。""下雨天喂，"扛玻璃的人动了动手指，"我也是没有办法。"

只好倒坐在发动机的机盖上，玻璃里映出两个淡绿的影子。

到了旅馆，他先往大门里冲，小雅在屋檐下收起雨伞。三层小楼，和村子里别的农家乐一样，外面一个院子，一层是餐厅，二三层住宿。下雨天暗，屋子里没有开灯，三个女人坐在一张八仙桌旁，就着天光择菜。听见有人进来，都仰起脸，仔细看，是两辈人。

年轻的那个过来招呼他们。

"雨下得大吧？"

"是啊。"

"订房了没有？"

"订了。"

她擦擦手，从柜台里面翻登记簿。

"一个大床房。"

小雅没回答，她又喊一遍。

这一次小雅说，"对。"

他踱到门口，靠在门框上看院子里的雨。

老板娘把钥匙递给小雅。

"二楼，外面的楼梯上去，走到底最后一个房间。"

没有问他们要身份证。

房间不大，一张床一台电视。开门的时候一片黄光，窗帘的颜色。

他去开窗，忽然叫道，"有阳台。"

窗帘后面藏着一个阳台。

"是啊，"小雅说，"订房的时候看了照片，有阳台的比没有的贵五十。"

他走过来搂住小雅。

小雅在他脖子里嗅嗅，像小狗。

"一会儿如果还下雨,我们就坐在阳台上喝茶看山。"

"好,我带了茶叶。"

把背包打开,最上层放着面包,底下是两只小铁罐装的茶叶,一红一绿。然后是毛巾,雨衣,旅行时用的沐浴套装,三只小瓶子,每只一百毫升。

"你真是什么都带了。"

小雅笑笑。郑重其事抖开四条毛巾,两条铺在枕头上,两条挂到浴室里。

掩上门上厕所。

他看着枕巾。粉红色的,整整齐齐盖住旅馆黄白的枕套。右下角绣两朵梅花,朝着同一个方向,像父母那一辈结婚时的嫁妆。

洗手间传出冲水的声音。他走过去。

"小雅。"

没有回答。

"小雅?"

小雅拉开门。他候在门口,上去抱着她。

"你干什么。"

他不放手,往窗边挪,伸手把窗帘拉起来。

"等等。"小雅喊。

"怎么了?"

"先下去吃饭吧。"

"为什么?"

"我饿了。"

"等一会儿不行吗?"

"等不及啦。"

于是下楼吃饭。

*

餐厅比来时多了一桌人。七八个男女,有老有少,围坐在一张大圆桌上。

他们挑了个靠墙的位置。

坐下才发现,墙壁中央挂着一幅木头雕刻的字,像窗花,四个角上点缀着花鸟鱼虫。只不过有点突兀的是,那个字是发财的发。

小雅用眼睛指给他看。

老板娘走过来,问他们吃点什么。

"有什么?"他问。

"进厨房看看。"

他和小雅一起进去。地面是深灰色的,放着几只塑料脸盆。盆里装着水,游着鱼虾。不多,透明的暗血色的小虾几把,鱼也有两三条。桌上搁着案板,小山一样堆着切好的蔬菜。一只瓷盘,里面是橘粉色的虾仁,还在冒烟。

"这是烧好的吗？"他问。

"对啊，刚烧好的。"

"谁点的？"

"没有谁，你要你拿去，不要的话我端给外面。"

"要。"他托起盘子就往门外走，被老板娘拉住，撒一把葱花。又点了炒野菜，土鸡汤，竹笋石蛙。

坐回饭桌的时候，另一桌已经喝开了。几个男人互相开玩笑，说其中一个煞有介事，背了个六十多升的登山包，没什么可带的，里面就空空如也。被调侃的一脸泛滥的红，看起来喝高了，鼻子中间瘪瘪的，窝在椅子里笑。"带睡袋了吗？"他们逗他。

小雅把筷子排在盘子边沿。用纸巾来回擦，擦亮了，再放回原处。

菜很快上齐。他一边吃一边说好，农家乐的食材新鲜，即使做得一般，鲜味还是留着。

小雅在盘子里找石蛙。听名字，应该是石头缝里长大的青蛙。吃小虫子和溪水里的小鱼小虾，肉不多，但紧实滑嫩。挑出来码在盘子一端，都给他吃。

"你怎么不吃？"

"我不吃奇怪的东西。"

"什么奇怪的东西？"

"青蛙，鸽子，甲鱼，蚕蛹，兔头。你不记得了？"

"是吗。"

"我只吃鸡鸭鱼肉。"

他就把石蛙都吃了，还不过瘾，说晚上得再点一盘。

"好吃，这里的厨师不错。今晚是最后一顿吗，我们明天住哪里？"

"住山上。"

"订好了？"

"早就订好了。本来打算明天一早爬山，中午到山上，晚上住一夜再下来的。"

"那现在怎么办？"

"如果雨还是不停的话，只能包车上去了。"

说话间已经把三盘菜吃得干干净净。土鸡汤也好喝，从锅心里盛出来，泛着金属感的凉，其实是烫到了舌头难以辨别的程度。要等一等，让它醒过来，热和鲜才慢慢扩散开来。

"真好喝。"

"是啊，要是我们公司附近能吃到这样的午饭就好了。"

"你平时吃什么？"

"外卖。你呢？"

"我自己带。"

"谁烧？"

"我啊。"

"很能干啊现在。"

鸡翅、鸡腿、鸡爪都被啃干净，剩下几块嚼不动的留在锅里。

找老板娘结账，才一百多。

回到房间，他心满意足地躺在阳台上的竹椅里。一张桌子两只椅子，相对放着,外面是清澈的,时刻不停的雨帘。远处是山，长满竹子，在风里一片片朝一个方向起伏。

小雅再进浴室，关上门，上厕所，起身时纸上还是有血。没想到这次会提前。出去看到他的背影，两只手向上伸，交握着抵在后脑勺上，一副悠闲自在的样子。小雅走到他身边。他拉拉小雅，坐到他的膝盖上，用手指梳她的头发。

"剪短发了。"

"大学毕业就剪了，省洗发水。"

"瞎说。"

"环保啊，穷的。"

他亲小雅的嘴，她就不能说话了。

"进去吧。"

小雅拉住他，"跟你说件事。"

"什么？"

小雅贴在他耳朵边上。

"不是吧！"

小雅环住他的脖子。

他捂住脸，放下手的时候，露出那种苦笑的表情。

"对不起啊，我也没想到。"

"这下真的只能喝喝茶看看山了。"

小雅也不高兴，从他的膝盖上翻下来，坐到旁边的椅子上。

两个人对着山，安静了几分钟。

他站起来，往门外走，说是去问老板讨茶杯。过了一会儿，小雅听见阳台下方有人说话，不止两个，还有陌生的声音笑笑嚷嚷，像刚才那桌食客。

他回来了，把茶壶和杯子放在桌上，用气声说，"轻点，好几个人在楼下坐着，我们刚刚说的话估计都被他们听见了。"

两个人相对无言。

泡的是小雅带的毛峰。山里水清，水龙头放出来的自来水也好像比城市里的甘甜一点，热水壶底部没有白渣。他像喝工夫茶那样，洗茶暖杯，再细细把两只杯子倒满。

小雅盯着杯子上的图案，一男一女握一卷书，是宝玉黛玉读《西厢》。深蓝色的线条，把轮廓勾勒得清清楚楚，只不过画到眼睛的时候，往别处偏了一点，让这个宝玉看起来有点心不在焉。

"想什么呢？"他问小雅。

"没什么。"

"唉。看看风景吧。"

小雅握着茶杯，把他们的脸盖起来。

又一阵沉默。和以前一样，这种时候，常常是他找话说。

"你看，对面的山，起风了，树从那一头慢慢晃起来，看，一点点过来了。"

"嗯。"

"你说像什么？"

"像什么？"

"你说。"

小雅抬起头。顶端的竹叶从他们右手边一波波漾开，地震一样，微微地但是确凿地，传到左手边。虽然下着雨，天上还是有云，移动的速度比竹浪还快，飘在它们永远追赶不到的地方。

"绿浪逐白云。"

他琢磨了一下，"太直白了吧。"

"但就是这样嘛。风吹绿浪逐白云。"

"还是直白啊。"

"台风至，暴雨下，风吹绿浪逐白云。"

他不理她了，自己说，"我觉得像一只手掌逆过来抚摸小动物的毛。你看，一层层的。"

"嗯，"小雅说，"也像一个女人正在受孕。那是胸，那是头，肚子怎么有点凸呢，已经有一个了。"

*

一下午如此消磨。

老板娘在楼下喊他们吃晚饭的时候，已经是傍晚了。他在阳台上坐着不耐烦，回房间看电视。小雅一直看着外面的雨，如果不下雨，早就可以去山里转转。下了一整天，山已经被浸透了，泥土由浅褐变成深褐，积水的地方泛着亮光。云还是在，灰暗暗的，茶叶泡过五六遍，在茶壶里变凉。

"下去吃饭吧。"

他打个哈欠。手里还捏着遥控器，不舍得关。

"电视有什么好看的，来这里看电视。"

"我也不想的啊。"他抱住小雅的腰。

小雅亲他，两个人在床上翻来覆去。黏滞一会儿，还是下楼去。

仍然是中午那桌客人，每次都到得比他们早，坐在同样的座位，用同一副泛红的笑脸，继续聊天。

他熟门熟路跑去厨房点菜。这次点了鱼头汤，香菇菜心，焖牛肉，还有中午说过要再吃一遍的竹笋石蛙。

晚上天暗，大灯都打开了。他看见放碗筷茶具的桌子上，摆着一只粗壮的玻璃瓶。瓶里装着浅红的液体，应该是酒，走近了看，酒里有一颗颗浑圆的果子，毛茸茸的，是杨梅。

"阿姨，这酒是你酿的吗？"

老板娘走过来，说是。

"给我来一点。"

他来了兴致，稳稳坐下，捏一只小酒盅，翻向瓶口。阿姨把瓶子托起来，往酒盅里倒一点，问小雅要不要，小雅摇摇头。她就把瓶子拿开，收起来。

"别收，我一会儿还要。"

"好的，慢慢喝。"

有酒喝饭就吃得特别慢。他一小口一小口就着下酒菜，脸上微微笑，好像心底有愉悦的事，又说不出具体是什么。小雅盛一碗米饭，挖出一个山谷，把菜拨到山谷里，再挑一点菜就一点饭，哗啦哗啦吃。以前不知道他爱喝酒，上大学的时候偶尔也陪他喝过几罐啤酒，但不多。细节都记不清楚了，一天一天的，无非就是一起上课一起下课，从开始到那个断裂的截点之间，是平静而完好的。

隔壁桌忽然笑起来。一个圆脸男人，回忆十几年前的旧事。小雅听着，声音忽高忽低，房间大，有时候听不清晰。但越说越玄，大家都安静下来，厨房的炒菜声仿佛也变小了，都想听听到底是怎么回事。

"就是从眼睛里刮下一条虫来。"

"眼睛里怎么有虫？"

"是啊，眼睛里怎么有虫？他们也问，人人去看，人人的眼睛里都有虫。然后他就说了，哎呀不妙，你们这里有传染病，眼睛才长了虫子，时间长了就会长蛆，最后就是不治之症。山里人当然没见过这些，都吓坏了，问他怎么办。他说别着急，我有解药，就从兜里掏出解药。"

"哈哈。"

"卖得贵啊，确切的数字现在想不起来了，但是你想想，那时是八十年代啊,我出国前,工资才多少。就这么把乡下人的钱都骗了,闻所未闻。"

小雅想笑,天下事真是无奇不有。抬头看他,应该没在听,脸上已经有一点迷蒙的神色。

"再来一杯。"

*

饭桌上没喝够,继续把酒带到房间里喝。

"这是白酒酿的,"他说,"挺烈的,好喝。"

把茶壶拿到楼下,倒了茶叶,冲洗干净装酒。再把酒盅带到楼上,一盅盅喝得半夜进门连门把手都摸不着了。小雅听见阳台上有东西一下下碰撞的声音,不轻也不响,醒过来给他开门。顺势把半个身子探出门外,试一试风,比白天更大了。

快到中午才起床,风雨不停。晚上没睡好,翻来覆去,担心把床单弄脏了。他一直打呼,睡得沉,像石头,鼾声如雷。

"没想到你打呼这么响。"

"是吗,平时不打吧,喝了酒才打。"

"你什么时候喝酒这么厉害了?"

"嗯。"

"少喝点。"

从阳台望下去,一个男人站在院子里,衣服半湿。

陆陆续续有人从斜坡走进院子,看样子是一早去爬山。

"能爬,你看。"

"嗯。"

"我们去爬吗?"

"下雨天危险,你的伞也不好,还是包个车吧。"

小雅联系司机,用旅馆的座机给他打电话。司机有些迟疑,说这么大的雨,别上山了。小雅说山上的旅馆都订好了,付了钱,不上不行。司机想了一会儿,下决心一样说,好吧。

他们收拾了包,结了账,在斜坡尽头等着。

司机来了。一辆巨大的面包车,只带了他们两个人。小雅坐第一排,和司机聊天。他一句话不说,隐在面包车后部的黑暗里。

"师傅,你们这边的竹笋是不是特别好吃?"

"都是笋干,要会烧才行,有些人买回去不会烧,难吃得很。"

"我们昨晚喝了个鸡汤,挺鲜。"

"是吗。"

"是这儿的土鸡吗?"

"土鸡咧,才不是土鸡,你知道土鸡什么价钱?"

"那是什么?"

"就是一般的鸡,镇上买的。"

"哦,不过也很鲜了。"

像吐出心里淤塞的块垒,司机终于问,"你们怎么这个天来啊，你看看山里还有没有人？"

"我们来之前不知道，"小雅说，"什么都订好了，才听说有台风。"

司机大笑。接着跟他们说，自己在这一片多有门道，车，旅馆，景区门票都能搞定。台风天玩不好，以后应该再来一次，全程都交给他办。他的客户不仅有中国人，还有老外。那些老外到了镇上的车站，直接打电话让他去接，价钱也不问，心里全有数。

"你会英文啊？"

"不会啊。"

"那你怎么听得懂？"

"还是能听懂吧。"

聊着聊着，前方转弯处一棵长竹忽然倒下，如锋刃划过路面。然后是第二棵，第三棵。车窗关着，听不见声音，倒塌的过程是静默的。像人终于厌倦了世界，不发一语就躺下来，卧在离他们二三十米的地方。司机的脚条件反射地踩住刹车，也是静静的，好像他自己都没有意识到。面包车缓缓停下。

他有了精神，拉开门，伞也不撑，跳下车去查看情况。

"小心！"

他走远了。和竹子一起滑落的是一大摊泥水，像崩溃的海浪，盖过山路。

"这就是泥石流吧！天啊,这辈子第一次遇见泥石流。"他喊。

司机也下车去。开门的动作轻巧随意，一只手插在裤子口袋里，另一只手挠了挠头发。这时候她才看清楚，司机穿的是一件小灯笼一样微微隆起的夹克，灰色的，容易把人埋没的颜色。

他们掏出手机拍照。听不见在说什么。先拍正面，再转到侧面。

雨还在下，这时候还是危险的，松动的土壤可能放下更多的竹子。小雅没有喊，可能是他们的松散和淡漠，让人觉得红灯还没有亮起来。

走回来的时候有说有笑。

"哈哈，都倒了。"他说，钻进原来坐着的座位，两只手扒着椅背，"我拍到了。"

"哈，"司机说，"这下真的上不去了，路堵了。"

"你们这里经常有泥石流吗，"她问，"下雨的时候。"

"哪来那么多，不常有的，很少下这么大的雨，否则我们还做什么生意哦。这次是台风。"

"那怎么办，还上山吗？"

"不能上，你没看见路都堵住了吗。"

"还有没有别的路？"

"有也不能上，我开过去不陷在泥浆里才怪。"

说完发现已经陷在了泥浆里。司机让他们帮忙推车。他让小雅别动，自己下去，和司机两个扶着车门，硬生生把车头转了个弯。

"下山喽！"司机喊。

*

小车润滑地在雨里穿行。

路过田,司机说,"这里是田。"

路过哗哗往外翻滚的河,司机说,"这里原来有座桥。"

到了村口,司机提议让他们住到他的熟人家去。

"不满意的话不住也行,先看看嘛。"

他们去了。

第一家也是个三层小楼,刚洗了床单,院子里没法晾,就晾在拐角的楼梯上,三楼的垂到二楼,二楼的垂到一楼。一个小女孩坐在沙发上看电视,手里捧着碗,旁边蹲一条黑狗。进门的时候,女孩和黑狗都回头看了他们一眼。第二家的老板是个胖子,看这样的天还有人留宿,很惊讶,意气风发说要给他们最豪华的房间。

"在楼上,你……"话没说完,大厅的灯泡灭了。

一打电话,发现整个村子都停了电。

"可能是泥石流搞的,"司机说,"竹子倒下来的时候带倒了电线。"

胖老板从抽屉里翻出手电筒,点上光,带着他们往楼上走。整间旅馆像拍西部片,地板,墙壁,楼梯,家具都是原木的。他们钻进动物肠子一样狭长的走道里,看不到尽头。

他停住了,说还是想住回原来的地方。

司机没说什么,下了楼,把他们送回去。

餐厅黑洞洞的,没人。他们喊了几声,第一天见过的年纪最大的阿婆从厨房里走出来。

"呀,怎么又回来了,不是上山了吗?"

"碰到泥石流了。"

"哎哟,危险啊。"

"这里也停电了?"

"停电,刚刚打了电话,说正在修。你们等等,我去找蜡烛。"

阿婆又走回厨房。餐厅特别大,之前不觉得,下雨又停电的时候,看起来阴森森的。

"回来好,"他说,"有杨梅酒。"

*

之前也住着的那群客人回城了。阿婆说,这鬼天气,他们是唯一留在村子里的外地人。

"以为下两天就会停了,看这个样子,是越下越大呀。"

电力局说正在抢修,三四个小时过去,还是漆黑黑一片。阿婆找出几个空啤酒瓶,把抽屉里不知何年何月买的蜡烛插在瓶口,耸立起几支烛光。他喝了酒,心情愉快,在烛光里微微阖着眼睛。

老板娘回来了,和他们拉家常。晚饭不能用电饭锅,就用灶头烘了米饭。说起自己的孩子,老板娘很骄傲,问他们多大了。

"我都有儿子了。"他说。

"几岁?"

"四岁。"

"你们看起来年龄倒不大。现在的年轻人,早结婚的少,我儿子还没有女朋友呢。我也不催他,从小到大,我催他干什么他就逆反。上学的时候,我逼他好好读书,他给我逃学去学理发。好吧,理就理吧,犟不过他我就同意了。出了钱,又不好好学,要学什么日语。哎呀,这个那个的,现在我知道了,他要做什么,我不支持,也不反对。"

"你儿子现在在干什么?"

"开了个店,在镇上。"

"挺好。"

"长大了就收心了。"

外面风雨交加。在屋子里聊天,暖融融的。他和小雅都觉得舒服,待着不走,聊到快十点。阿婆躺在一张竹椅里,说淡季客人少的时候,年轻人都回家住,就她一个睡在旅馆。

"你怕不怕?"小雅问。

"哎呀,一开始有一点怕。后来想通了,没做亏心事,不怕鬼敲门。"

上楼之前,照例带了一壶杨梅酒。老板娘递给他们两个暖瓶。

"红的是开水,可以喝的。绿的不太开,用来洗脚。"

"好。"

"记住了吗？"

"记住了，"小雅想一想，"我这么记，红的是熟了的果实，可以吃，绿的还没熟，不能吃。"

"哈哈，你也聪明，跟我儿子一样。"

小雅洗了脚，给他留半瓶开水，上床躺着。他在阳台喝酒，过了半夜才进来，没洗漱也没脱衣服，倒在床上。小雅转过身，轻轻推他，不动。啤酒瓶搁在墙角，烛光晃动，在墙上投下一个扁平的影子。小雅又推，忽然发现他在哭，眼泪小溪一样从眼角流下来，细细一条，蜿蜒到耳朵后面不见了。

认识十几年，第一次看他哭。小雅放平身体，不知道说什么。他终于说话了。

"我儿子是一个特别懂事的孩子，每次我问他，要什么玩具，他都说不要。"

"嗯。"

"这次出来之前，他问我，爸爸，你不跟我们去三亚吗，为什么我们全家不能一起去玩？我回答他，这次不行。他就不问了，说好吧，爸爸再见。"

"他挺乖的。"

"全世界都在向我索取，只有他对我是没条件的，从不索取。他出生以后，我觉得自己就是为他活着。"

"嗯。"

"我这辈子只哭过两次,都是读《圣经》。第一次是上帝的声音从云里传出来,说这是我的儿子,你们要听他的。第二次是耶稣被钉在十字架上,他问,神啊,你为什么不来救我……但如果这是你的安排,我把灵魂交给你。我说不清为什么,看到这几段,我的眼泪就止不住了。"

小雅也哭了,摸索着在床上找到他的手,放在自己的腹部。

过了一会儿,转头看他,想给他擦眼泪。但见他闭着眼睛,神色奇异。心里疑惑,就试探着问,"你是不是醉了?"

他把手臂往胸前一横,舌头打转,"我醉了。"

听起来还像清醒。又问一句,"你是醒着还是睡着了?"

"睡着了。"

气得小雅翻身下床。

*

早晨,他没事人一样醒来,看见小雅背对着他。

"怎么了?"

"别烦我。"

"怎么回事?"

"别碰我。"

"我要碰。"

"碰也没结果。"

"怎么这么倒霉,今天是最后一天了。"

"我也没办法。"

"没劲。"

"什么没劲,我们以前也没有过。"

"以前是你不肯。"

"那时候什么都不懂,不敢啊。"

"我没有不敢,是你不敢。"

小雅翻过身来,"撒谎。你没有不敢,那我们为什么分手?"

他不说话。

"所以别抱怨,现在再来要以前没得到的东西,老天爷也不给你。"

他点了一支烟。

小雅下床,走到阳台上哭。

"好了,进来吧。"

小雅不动。他下床拉她。

"站在外面干什么,还光着脚。"把她拉回房间。

小雅倒在床上,继续哭。

"有些东西说不清谁对谁错。我不想过了这么多年,再跟你在这种荒郊野外互相指责,无聊至极。"

他叹口气,躺到她身边。

"好吧,别说了。"

"其实现在想想挺可笑的。那时候觉得就要回各自的家了,怎么都没可能了。现在想想是不是很可笑?坐飞机一小时,坐火车也不过三小时。而且,谁让你也来这里工作的?你是为了你妻子来的吗,为了她,为什么不能为了我?"

"别说了。"

*

也许是台风快过去了,雨势变小,苍蝇钻出来,叮在茶杯边沿。

"我们还是早点走吧,怎么突然多了这么多苍蝇,卫生间里都是,不敢进去了。"

小雅收拾包。没吃完的面包扔在桌上,塑料袋敞开着,也长痣一样长出两颗苍蝇。

"你看有鸟。"他在阳台上喊。

一只长尾巴大鸟低低飞过去,停在院子左边一棵矮树上。

"真好看,是凤凰吗?"

两个人都笑。

"是雄的吧,不然颜色没这么鲜艳。"

"像极乐鸟。"

"李安在拍《卧虎藏龙》的时候一定看到过这种鸟,才会想到让他们在竹林上飞。"

小雅进屋,把几双湿了的袜子团成一团,装进包里。刚想穿鞋,发现鞋底裂了,半只鞋跟脱落下来,挂在右脚边缘。

"我的鞋子坏了。"

他过来看,"是橡胶老化了吧?"

"这双鞋还是大学里买的呢。"

"穿那么久了。"

不带走了,扔进垃圾箱。小雅盯着看一会儿,忽然笑起来。

"笑什么?"

"想起我妈了。"

"怎么了?"

"她每次有机会出去旅行,都会带一双很破的鞋子,或者内裤、袜子,穿完就丢在旅馆不带回来了。每一个她去玩过的地方,都留着至少一件坏东西。我觉得好笑的是,她怎么有那么多坏东西等着被丢掉啊?"

他也笑了。过一会儿问,"你妈怎么样,还好吗?"

"还可以吧。她在老家,平时挺寂寞的,我跟我哥都是春节才回去。"

"你哥呢?"

"他还在深圳。"

"你爸呢?"

"我毕业第二年他就不在了。胃癌。"

"哦。"

*

还是那个司机来接他们。

看见小雅穿着拖鞋,一步一滑地出来,司机大笑。

"你怎么穿了双拖鞋?"

"我自己的鞋子坏了。"

"哈哈,你们的运气太好了,我看你们这次真的是赶台风来了。"

"唉。"

"下次吧,下次再来,找我。"

他们都没接话。

开到半路,车前飞过一只大鸟。

"师傅你看,刚刚飞过去的是什么鸟?"

司机目不斜视。

"你快看啊,飞走了,尾巴很长,很漂亮的那种。"

"是山鸡嘛。"

"啊?"

"这里很多的,有时候我们会去林子里打。"

"山鸡长这样?"

师傅含混一声,问他们吃过午饭没有。

"没有。"

"我带你们去吃,我知道几个好吃的地方。"

"不用了吧,我们就在车站附近找点吃的。"

"车站那边没有饭馆。"

两个人将信将疑。

"不骗你们。"

到了车站,司机掉头走了。在入口处站定才发现,两边空落落的，真的没有店铺。买完车票转了一圈，在街角找到一家面馆，藏在楼里，要从一个不起眼的小门进去。他说，就在这里随便吃点。

店面是半圆形的。柜台后面，一个穿白褂子的女孩露出半截身体。右手边平地起了一座高台，停着一辆硕大威武，军绿色的儿童坦克。星星点点有几个落座的人，都是男的，挺着肚子讷讷等着。窗口两张长椅，三个男人并肩坐着翻报纸，什么都没吃。

"这里有点奇怪。"

"吃完快走。"

两个人都点了肉丝汤面。他埋头喝汤的时候，小雅注意到玻璃窗上爬着一只蜗牛。一字形，直直的，用肚子对着她。过一会儿再看，变成了C。

回去的车上他睡着了。还是她靠窗，他靠走道。窗外一片渐渐繁荣起来的景色，但被雨淋了几天，好像什么都幻灭了。沿街的小店进了水，苍茫一片。每一户人家门口，都有一个把裤腿卷到膝盖的人孤独地站着，惆怅而徒劳地用脸盆往外舀水。卡车泡在泥浆里。房子，电线，树，都有了暗黄的倒影。

他们在汽车站分手。

她坐地铁，再转公交车回家。打开手机。

小区门口也被淹了。车站像一块全世界最小的岛屿，只够几个人落脚。停车之前，大家隔着玻璃计算距离，再脱下鞋子拎在手里，打仗一样做好准备，如临大敌。

她跳到岛上。想打电话问问他。拿出手机,看见一个未接来电,是阿正的。打回去。

"你怎么样?"阿正问,"手机修好了没有?"

"修好了。"

"哦。台风严重吗,家里没事吧?"

"没事,"小雅说,"就是小区门口积了点水。不过新闻里说,明天台风就过去了。"

2013 年

零比三

十封邮件。

他们有一个模板,每一次办活动,只要根据模板把活动名称改一改,尊敬的某某先生某某女士,把某某用新的人名替代,填入时间地点,就可以变成一封新邮件。要联系十个人,听起来是不小的工作量,但每个人稍稍改动一下,复制粘贴,其实没有那么难。

主管是这么说的。她当时也觉得还好,就用邮件和短信各发了十封。没料到的是,十个活生生的人会带来几十种不同的可能性,再每人交给她四五样文件,最后就是一对几百。

她觉得快疯了,每次办活动之前,都有一两个月的时间会掉进这种抓狂的状况。从表面上看,她还是一个人,但地下世界已经像树根分叉一样,长出庞大细密的网。她完全忘记自己是谁,有什么态度,要怎样选择,所有行动都变成最快捷最务实的那一样。早上九点到办公室,晚上十一点离开,走之前和回来以后,时间只够和他说两句话。每天吃的都是外卖,衣服让他洗,他不洗,就堆成一堆积在洗衣机旁边的脸盆里。

你是不是也可以帮帮忙,有时候她问他。

他不回答,打游戏。

她也就不说他,没时间。

仅剩的时间在地铁上。她也想利用这几分钟发几个微信,问问进度怎样了。但在地下的那几站信号被屏蔽,发不出去,只能收回手机,空站着。

看见自己的影子映照在玻璃上。忽然觉得,这段日子她都没时间照镜子,没时间睡觉,最可怕的是,没时间想。只是适应,把自己当成水,填入一种新的狭窄的容器。然后告诉自己,过了这个月就好。

来新公司四个月。第一个月就这样忙过一轮,当时她觉得新鲜。旧工作很清闲,没什么事干,她闲得无聊,辞了职回老家待了一段时间。和所有朋友见过了面,吃了饭,逛了街,把以前存着没看完的书基本都看过了,才发现无所事事也不太好受。于是又回来,重新找工作,被朋友介绍来这家做活动的公司。

他们经常会邀请国外乐队来演出,也有学术会议,总的来说,算是国际文化交流吧。

你喜欢做这个吗,面试的时候老板问她,我看你最长的一份工作是一年半,我不希望你在我这里做不到一年就走了。

喜欢,她说。

为什么?

可能是因为国际交流有意义吧。她觉得以前的活动都太短暂了，开一个会，办一个展览，并不能改变什么，迂腐和表面的东西也太多。如果她要做的话，希望能踏踏实实，做一些长期而细致的工作。

长期而细致，老板很喜欢她这几个字，开会的时候跟同事们说。大家没什么反应，她能理解，虽然最长只在一个地方待过一年多，她也知道，老员工在听到新来的人莫名其妙到处挑刺想改变一切的新鲜感时，是会理解，也是会觉得有点好笑的。

不过她还是有信心。

忙完第一个月，像在开水里烫过一遍，掉一层皮。以前那种懒洋洋的东西被磨掉一圈。知道办活动像打仗，忙起来不管对方是谁，看到人就要冲上去抓的。有时候为了全盘的完整和有效，你不能有判断，判断会让一样东西变得残缺，虽然内在因为残缺才完整，但外在就是残缺的。而活动不能残缺，所以，她开始学习不下判断，只是利用。

一开始还斟酌，是不是要用尊敬的某某先生。虽然有礼貌，但感觉有点虚伪。后来不想了，因为没时间想，尊敬就尊敬吧。这是工作，不需要个人化，不需要感性，不需要准确。工作只要有效。

所以，用大而无当的词已经四个月了。她觉得自己有些地方受到了损伤，会在跟爸妈打电话的时候，也说一些从没有用过的词。比如，妈妈给她发微信，说家门口新开了一家川菜馆。

她回,好啊,那下次回家的时候咱们也去尝试一下。

没什么不对。如果说尝试一下,确实是没什么不对的。但是她看着那个句子,就觉得哪里有问题。不是错误,而是某种陈词滥调的东西像蛇一样爬到她的身上。原来在她的身体里有一把天生的筛子,可以过滤掉那些快要发霉的颗粒,现在好像暂时看不见了。

已经有一些预兆告诉他们,最忙的那个周期就要来了。现在是头几天,还不明显,接下来的这一个月,所有的一切会几何级数般增长,扑面而来。

她已经做好迎风的准备。简单说,就是抽空身体,不想。行尸走肉,像机器。

就是这个时候,收到老古的微信,说下个月来北京出差。老古很少来,非常少,几乎是没有来过。她把手上的工作停下来,看着屏幕,咬着嘴唇仔细想一想,确实没有。她刚来北京的时候,老古说找个冬天来北京看她,下雪的日子,或者沙尘暴。南方人没见过沙尘暴,当玩笑讲。

后来也没有来成。她搬了两次家,认识了新的男朋友,沙尘暴改成了雾霾,都没有来。

老古对她的意义,可能就像大学里最想遇到的那个老师。希望有那么个人,可以印证是非对错,给你一个判断和前行的标准。他人非常好,非常好,非常好。认识他的时候她二十五岁,他五十多。穿着讲究,爱读书,结婚生子都经历过一遍,听她讲那些不是核心的东西就挥挥手，好像随便就可以抛掉。

是老古告诉她，你要找到自己的生活。知道在躯壳底下，藏着什么。发掘出你的使命。不要就这么活过一生，经历所有人经历的事情，还不知道自己是谁。

像醍醐灌顶。也可能夸大了吧，但回想起来，那个时刻铮铮作响。

他们一起走过五年。一起的意思是，把对方当成生命里非常宝贵的一个朋友。她以前觉得男人和女人之间不可能有纯粹的友情，现在也觉得没有。但纯粹这两个字是没办法量化的。什么叫纯粹呢，有一点吸引算不算纯粹，喜欢对方说话的样子算不算纯粹，遇到困难第一个想问的就是这个人算不算纯粹，别人都不理解自己，在异乡痛哭流涕，想到至少还有一个人可以理解我，算不算纯粹？

无论如何，从认识到现在，她有想不通的事情就跑去找老古，在她还没有离开老家的时候。老古也耐心地给她解答。前几年问题多一些，后来，也许是慢慢想开了，他们见面的时候，更多是谈谈最近碰到的事，各自读的书。在所有的朋友里，只有老古会给她推荐好看的书。她来北京之前，老古给她一本《青春咖啡馆》。

看名字就不想看，她说。

为什么？

青春咖啡馆……

莫迪亚诺是很好的作家。

为什么给我这本书呢？

你要去外地了啊，这本书里有一种漂泊的味道，莫迪亚诺的书里都有。

哈哈，漂泊。她不觉得自己在过一种漂泊或者动荡的生活。原来被钉在出生的地方不能挪动，反而让她有一种不属于这里的，被禁锢的恐惧和不安。而漂泊，给她一种奇特的，移动中的安稳。

她没有问老古是不是理解这些。有时候，她不想反驳老古，她对他感激大于一切。和老古的相处，让她非常清楚什么叫求同存异。老古也会说她不能同意的观点，偶尔显露出一些和她不一样的地方，但是她非常宽容，根本不会把那些细小的东西放大，她只在乎他们的交集。

和小伟就不行。刚认识他的时候，她每隔几天就在微信上跟老古抱怨，说他太奇怪了。过节回老家，也说那些她不能容忍的细节。老古笑笑说，确实不容易，有的夫妻就因为挤牙膏的方式不一样，天天吵架。

她大笑，但也不是不对。她发现男女的思维方式真的不一样。男人需要独立，女人需要情感，只给对方自己希望得到的东西，两败俱伤。

伤到一定程度，她反而不去想了。挪出时间做自己的事，关系好像就缓和了。

下一次回家的时候，她和老古一起吃饭，天气很好。他们坐在室外的小院子里，她穿着一件白色的 T 恤。

我现在几乎不想了，她说。不想了之后就发现，我们之间好像没什么问题了。如果你老是盯着问题，问题就像结痂一样，越来越坚硬，你不看了，它反而自己掉了。

哈哈，是啊，老古说，看开点。等你过了二三十岁，你会发现，一切都不算什么事了。

但愿如此。

那天的天色奇异，云像快掉下来一样重重地垂向地面，缝隙里蓝天碧蓝，房子离天很近。老古坐在背对一大片云的位置，看不见。她指给老古看，老古回头，笑笑，也指指她的背后。

如果说有什么时刻称得上美好的话，回忆起来，她觉得这个时候是。那些想象里最美好的片段，应该是跟爱人度过的，但经历了以后才发现，其实更多是和朋友。

来吧，她回老古，你早该来了。

主要是来开会，天冷，我也不想到处跑啊。

来几天，住哪里？

四天，他们安排了酒店，开两天会，还有两天闲着。

我应该带你玩的，但是我这几天忙疯了，下个月有个活动，估计会忙死。

那怎么办？

没关系，我想办法。

我自己去逛逛，找一天和你吃饭就行。

好，你可以去看看画廊，然后我们一起吃晚饭。

她曾经想过，有那么一天，她的男朋友会和老古见面。除了磨合期让她无法忍受的那些秉性，他还是一个可爱的人。学画画的，毕业了在广告公司做设计，没什么野心，只希望能多一点时间安安静静画自己的画。虽然他倔强，顽固，不懂变通，但她知道，她看到的这些东西也是她身上存在的。他们太像了。她几乎没喜欢过什么人，但和他认识几天就住到了一起。他们像两块断裂的磁铁，一边排斥，一边吸引。

也许有一天，老古可以当他们的证婚人。

接下来，陀螺就逐渐加速了。开始联系国外专家，从世界各地被他们的邮件召唤过来，在一个固定的时间点来参加这个活动的人。他们的护照，签证，照片，简介，发言，翻译，酒店，餐饮，媒体，所有的所有，像炮弹一样投掷过来。开幕前两天，她已经完全没时间吃午饭。团队里所有的人坐立不安，跑进跑出，发工作邮件也省去了称谓，直接说事。傍晚，她去公司旁边的便利店买一块三明治，用店里的微波炉加热，一边站着啃，一边看刚刚赶印出来的会议手册。

有错字。看第一页，就发现他们把嘉宾的"嘉"打成了"佳"。第一个是对的，第二个是错的，第三个还是错的。第四页上，一个发言人的名字少了一个S。封面和封底，半角的英文标点都打成了全角。

食之无味。她把三明治重新包回塑料袋里。来不及回办公室，就打电话给同事，问能不能改。电话那头说，没时间了，明天就带去会场，怎么改？小细节，就忍一忍吧。

现在她能体会到当时他们听她讲话的那种心情。无动于衷。不然要怎么表示呢，长期而细致，也许谁都想的。只是身而为人，你身上会有那种模糊的部分，让你只有一遍遍充分地重复和检查，才能把错误都改正。所以，长期而细致最终说的是，要有足够的时间，但在各种力量综合而成的实际操作中，不可能。

她索性在便利店门口给人吃关东煮的小凳子上坐下来，浪费几分钟。觉得自己变成了一个不像自己的人。以前她嘲笑那些人脚不沾地，整天瞎忙，说他们一具空壳，根本就不知道自己在干什么。可是现在，她也变成了其中的一个。而复杂的是，任何一种极端的情况似乎都是难以承受的——从前有点过分的清闲，和现在强迫自己闭上眼睛才能睡着的忙碌。不是换一份工作就可以解决，要在两个极端之间找到一种几乎不可能的平衡，让她想起一个流行过一阵子的小游戏，顶平衡木的小狗。只要有一点细微的错位，小狗头上的平衡木就掉下去了。

窗外是被射灯照亮的夜空。

这时候，她自然而然想到老古。每当遇到这样的时刻，她就会想，老古会怎么说呢。翻手机看他的头像，才忽然想起来，他来北京好像就是这两天。

该死。从座位上跳起来，查对话记录，果然他应该是昨天到的。立刻拨他的电话，她知道老古是怎样的人。响了两下，电话接起来，老古的声音在那头说，你终于想起我了。

赶快道歉。解释了一堆原因之后，她发觉自己很好笑，又有点讨厌和无奈。她走到便利店门口，让严冬的空气笼罩着自己，说，我应该反省一下了。

别反省了，快弄完你的事情回家去吧，老古说，我在学校，昨天和今天开了两天会，吃的住的都很好，你不用管了。明天我自己去国博和798，你忙你的，后天晚上我们一起吃饭。

好，我订地方。挂了电话，她马上打电话把座位订好。

忙碌的另一个可怕之处在于，你的脑容量看起来被扩张到无限大，其实是被挤压到无限小。一万件事的细枝末节壅塞在头脑里，做一件事的时候，另一件跳出来，让你永远都处在不专心的状态中。身体在这里，心神不在，像失了魂，任何一个无关紧要的念头都能把你占领。她见过合作公司的老板就是，有一次一起开会，她发现他的身体同时处在几个不同的时态。手是过去时，还在记录前一分钟说过的议题。嘴是现在时。眼睛已经到将来时了。她能感应到那种分裂，告诉你，他在，又不在这里。

改完最后一版新闻稿，检查纸质版和电子版有没有打印和存档错误，回几封邮件，把国际专家明后天抵达的航班号和接机时间发给同事，再把同事的联系方式发给专家。回到家已经一点。他睡觉了，厨房里放着没洗的锅，看起来是自己煮了速冻水饺。她迅速把锅洗了。再看外面，给她留着半只西柚，血红血红的，像一只小碗扣在桌上。

睡觉被还原到最基础的功能。休息。

早晨起来，要下雪的样子。北京隐藏在一片寒冷的灰雾里。快走到办公室的路上，她想起还没有和他说，晚上跟老古一起吃饭。就微信他。手指冻得不能打字，她打开语音，说了时间和地点。

他回过来两秒钟。以为他说好的，没想到听筒里传来的是，我不想去。

是老古，她又说，就是我一直跟你提到的那个，我的好朋友。

我知道，他回，后面一句没听清。

你说什么，我听不见。

我说——有球赛。

她突然很生气。什么？球赛？

等了好几天，什么时候不行非要今晚？

她不想再语音了，直接打电话过去。

喂，他在那边回答。

你必须去啊，老古难得来一次北京，我一直都跟他说你，你必须出现。

改天不行吗？

他明天就回去了。

他不说话。

你到哪里了？

在办公室了。

嗯，你下班就去，我把地址发你，球赛看重播好了，我陪你看。

那多没劲。

没劲？但是事情也分个轻重缓急。好了，就这样，你要来啊。

她把地址发过去，也发给老古，又顺手回了几条工作微信。

约的是晚上七点。六点左右，她把电脑塞进双肩包，长围巾在脖子上绕三圈，打上结。刚想走，手机上出现一个陌生号码，接起来，说的是英语。你是哪位，她用英语问，回答是一个她不熟悉的名字。她捂住听筒，问同事，这个名字是谁。同事说好像听见过，查联络表，发现是明天这个时候应该到达的一位德国专家。

她接起来，说您是某某先生吗？

是。

您好，请问有什么事？

我没见到接机的人。

什么？

我已经出机场大厅了，接机的人在哪里？

机场大厅？您不是明天到吗？

对方停了一阵。完了。她知道。

某某先生很生气，说我发了两次邮件跟你确认，我的航班是今天下午五点到北京。现在怎么办，我去哪里？

怎么办。她想象一个胖胖的灰头发男人,拎一只巨大的箱子,气急败坏地飞回德国去了。

最后请他自己打车。她在电话里拜托司机,务必把他安全送进酒店。挂电话前,她加了一句,怎么样,他看起来是不是很生气?

不知道,司机说,板着脸。

她跟同事赶到酒店,给他提前办入住手续。前台查询了一下,说都住满了。她说不可能,和负责人打电话,协商半天,挪了一间没有窗户的单人房给他们。

她满头汗,把围巾从脖子上解下来。

这时候电话响了。是小伟,问她怎么还没到。

出了一件急事,她说,你先进去吧,我处理完马上过来。

电话那头说,可是。

可是什么?

可是,我不认识老古。

对。老古也不认识他。虽然他们听说对方的名字已经快两年了。他知道老古是她最重要的朋友,老古也知道,他送她的第一件礼物是自己画的一张小画。住在一起没几个星期,他们吵架,她赌气敲掉了一只盘子。他没反应,跨过碎屑去另一个房间睡觉。老古说,也可以砸,但以后还是别砸盘子了。你没看小品里演,那种小气的夫妻吵架,砸的都是塑料脸盆吗?她笑,捂住脸说,我再也不砸了,砸完了还得自己扫。老古说,谁都有那个阶段，长大了就好了。

是啊，在老古这里，她还小。

最后，不知道他们是怎么互相找到的。

德国专家走进酒店的时候,满脸疲惫。跟她想象的很不一样,不胖,矮矮的,长一张精瘦的脸。下雪了,他说,天空是黄色的,还好我找到了这里。

对不起，她轻声说，是我们工作的疏忽，我们刚刚帮您补订了今天的房间。

要怎么继续下去呢，怎么才能用自然的语气告诉他，他的房间是一个洞穴，没有窗。

他掏出护照，递给前台。

不能想。在面对某些事情的时候,她学会让惯性操纵着自己,把感官暂时关闭。他听见了,听见她站在他和前台服务员之间,用某种谁都不是肇事者,但谁都改变不了的事实再一次割伤他。

他转过头，眼睛是灰色的，和她的眼睛差不多高，长时间地停顿着。

如果他再高一些就好了，这时候她竟然想。

然后，他摇摇头。她看见他的头发上沾着一些细小的水珠。

去餐馆的出租车上，她回想自己说过的话。我们，她用了好几次我们。也许是想显得专业，也有可能，是想在一个假想的集体后面,逃避什么。她记起一个做了一辈子国际交流的前辈,到晚年，问他这一切有没有意义，他不假思索地说，没有。

他们坐在靠窗的位置。她一进门,就看见老古朝她招手。换一张笑脸,跑过去。男朋友坐在对面,穿着那件上星期就丢在脸盆里没洗的毛衣,背对着她,露一只后脑勺。

不好意思,工作上突然出了点问题,现在已经解决了。你们聊得怎么样?

挺好,挺好。

两个男人点了四五个菜,每一盘都剩了一半,拢在边角,留给她吃。

她看着他们。两个对她最重要的人,终于见面了。说起来不像真的。老古是南方人,他是北方人,加上她,孕育他们的地方那么不一样。是因为什么无法解释的原因,他们在人群中走着走着,就被牵引到同一个点。她觉得自己应该有点激动,想郑重其事地介绍一遍,这是小伟,这是古老师。

我觉得认识小伟已经很久了,老古说。

她也总是说起您。

她发现老古没喝酒。桌面上搁一只盘子,一双筷子,就空空的什么也没有了。

你怎么不点酒呢?

老古摇摇手。现在不能喝了,身体不好。

她才想起已经半年多没见到老古。他比上次见面时老了一些,快六十了,头发灰白。平时他会戴一顶呢帽子,今天下雪,脑袋上反而光光的。

你的帽子呢？

旅行戴帽子不方便，他笑笑说。

以后可以买一顶毛线帽子，保暖，不怕压，风吹了也不会掉。

嗯。

以前一起吃饭的时候，点完了菜，就轮到她叽叽喳喳说话了。老古一开始总是什么都不说，等她说完，再给她分析自己的看法是什么。但今天，她发现自己的心在别的地方，每隔几秒钟就看一下手机，怕又有什么意外。

小伟也不说话，吃桌上的海带。挑一些到碗里，就饭吃。

会开得怎么样，798好看吗？

挺好，挺好。

她觉得餐厅里有一点热。她把全副精神都放在食物上，但事后回想起来，完全不记得吃了什么。

离开餐厅的时候，不知道小伟是不是跟她赌气，远远地先出去，说到外面抽根烟。她结了账，老古收拾自己的包，斜背在肩上。她看看老古，说今天太不好意思了，如果晚几天，等这个活动结束，我就有充足的时间带你逛逛。

没事，老古笑笑，下次吧。

下次，也不知道你什么时候再来北京。

老古摸摸自己光秃秃的头。

小伟在外面等着，看见他们推开旋转门，像两条鱼在玻璃鱼缸里缓缓地游了一阵，就丢了烟头，用脚底踩灭。

像那个德国人说的，天果然是黄的。雪一粒一粒，脏兮兮疲软地下着。他们站在人行道边沿，老古欠着身子，说他自己打车回宾馆，让他们别管他。

可以吗，还是我们送你回去？

不用了，没问题。

她看着老古坐进车里。小伟打到了另一辆车。

一回到家，他就打开电视，找体育频道。遥控器上星期就快没电了，她看见他狠狠地按音量键，把声音调到最大。她已经学会不当场和他吵架，离开客厅，让自己冷静一下。

没想到，房间里忽然又安静下来。

怎么了，她走出去。

不想看了。

你今天晚上闷闷不乐的不就是想看这场球吗？

没意思。

你什么意思？

上半场都踢成零比三了，还有什么好看的。

他关了电视，把遥控器丢到沙发上，从她面前经过，去洗澡。

她收到老古的微信：已到宾馆，谢谢款待。

回一个笑脸。

放下手机，她很想仔细想一想到底是怎么回事，哪个环节出了问题。也许等他洗完澡出来，她应该坐下来和他谈一谈。但是时间太紧张了，日程本上还列着四五件没做完的事情。她发现忙碌的好处和坏处都在于,她没有时间想。无论发生了什么,她都没有时间再细细地倒带,回到那个地方,重新尝一遍当时的快乐和痛苦。

就让一切滑过去。

2015 年

湖

他们先到了。

右拐，停车。公路边排列着一模一样的房子，双层、白墙，阳台和窗。房东告诉他们，开门的密码是7524，桑静电话号码的后四位。门开了，他们看见正对他们的衣帽间，脱下外套和围巾挂到衣架上。鞋凳，沙发，楼梯，擦干净的厨房。客厅中间有一张长桌子，够他们坐了。

楼上楼下一共三间客房，都是大床。两间铺着淡棕色格纹的被子，一间花团锦簇，满床旋绕着褪了色的，枝条细细的蓝花。他们商量几句，分配好了房间。

从机场租车开过来的路上，他们经过超市，像荒原中一块被遗弃的积木，蹲在枯黄、干燥的路边。他们放慢车速，绕到停车场，下车买一些水和食物。货架巨大，鸡蛋有十几种，虾和牡蛎被冻起来装进纸盒。他们找到了方便面，蒜和酱油。怪不得桑静说，这里什么都有。

他们把装着东西的塑料袋放到料理台上。拉开抽屉，刀叉银光闪闪，一块一看就是从宜家买来的塑料案板，被切毛了，凹凸着。后来他们知道，是放在洗碗机里洗坏的。菜刀和锅在下一层，烤箱的握把上挂着抹布，还有一只粉红色隔热手套。

"那是什么？"

他们往窗外看。和这里一样，对面也是房子，双层，白墙，阳台和窗。像沿一条虚线折叠了过去，中间隔着草坪。草坪上，一团灰色蹦蹦跳跳，轻快地，沉重地，肉感地，活生生地停在那里。

"好大一只兔子！"

他们掏出手机拍照。动作太慢，点着草坪对焦的时候，兔子已经跑到下一片草坪上去了。他们研究了玻璃门打开的方式，拔出插销，走到外面的台阶上。每户人家的台阶下面，都浇筑出一小块水门汀空地。有的摆着户外桌椅，有的摆着浴盆。他们走过去，看到浴盆干涸着，盆底丢一只手掌大的塑料娃娃，身体像一颗蚕豆，噘着嘴，伸手要抱。浴盆边缘，滚着两只黄鸭子和塑料娃娃够不到的一只奶瓶。

他们在台阶上坐下来。中午了，天灰沉沉的，没有一点风。"外面还是比室内冷。"他们慢吞吞地，饿着肚子，说了一句安全的废话。几分钟过去了，后院的风景一动不动，除了他们，没有半个人。他们搓搓手，重新回到房间里。

于是，整理箱子的开始整理箱子，准备午餐的开始准备午餐。他们用洗手间，看见马桶对面的洗手台上放着一束深深浅浅的干花，镜子里是他们的脸，脸的上方挂着一幅十字绣，五颜六色的线勾出几个英文单词：Someone loves bunny，有人爱兔子。

食物的香味传过来了，是蒜蓉面包和煎培根。把蒜用刀背一压，皮自动脱落下来，切碎，混在融化了的黄油里，往面包片上涂厚厚一层。他们还煮了意大利面，加一把沙拉菜，用现成的酱汁拌一拌，不好吃但也不会失败。午餐就这么解决了，桑静说晚上会来给他们做牛排。牛排，他们想象着用刀切开，半熟的玫红色的肉，外圈渐渐发暗，发白，过渡成一种他们在书上读到过的，文绉绉的藕荷色。汁液坦诚地流出来，撒上黑胡椒，也许还有芦笋或者青椒做配菜。

旅游攻略里是说，这里的牛排是最好吃的。

砰。

他们听见撞击的声音，以为是球。探头到院子里，什么异样也没有。玻璃安安静静的。他们走回沙发和料理台边，继续坐着，站着，把沾了番茄酱的碗推进洗碗机。声音还在，单一，虚空，从某个点进入，震颤着室内温和的空气。忽然他们分辨出，是有人敲门。

"来了！"

他们喊，小跑着去把门打开。先进来一节肉墩墩的手臂，裹在深蓝色充气羽绒服里，一张小男孩调皮又懵懂的脸。然后是抱着他的桑静。小赵跟在他们后面。

"啊，你就是 Michael，真可爱！"

他们伸手捏他，他转过身，把头埋在妈妈的衣服里面。

"我们害羞了。"桑静拍拍他,笑着走进客厅。

快十年不见了,他们注视着她。黑色的鞋,灰裤子,印着小熊的咖啡色连帽卫衣。他攀着桑静的脖子,遮住她的脸,棕黄色的卷发从他的肩膀、耳垂、指缝里流出来。

"妈妈。"他喊。

"把牛排给我。"桑静对着空气说。小赵走上来,把装着牛排的袋子递给桑静。她挂在手指头上中转了一下,他们就接过去。"我买了十块,够不够?"桑静回过头,朝他们的方向望,"肯定够了。先别放冰箱,我一会儿腌。"

他们想起她上学时的样子。短发,乖巧,眼睛里有光。好像总是在想着什么。每个早晨到河边读英文,从不翘课,吃过晚饭去学校的录像室看一卷电影。自己写过剧本。她很普通,别人跟她说话的时候会脸红。又让你相信,有什么不同寻常的事情要发生,她在酝酿着一个大秘密。

"妈妈!"儿子抓她的头发。

"哎,听见了,"她斜着脑袋,往那只小手的方向凑,把自己解救出来,"快放手,听到没有。来,妈妈带你参观一下这座大房子。"

儿子安静了。桑静托着他,像树枝托着巨鸟,一节一节,往上爬楼梯。"哇,这里有这么多房间呀,是不是比我们家还要大?"

"不是。"他回答。

小赵站在原地。装牛排的袋子已经被收走了，现在他两手空空，只能往口袋里插。他穿着一件有四只口袋的牛仔衣，微笑着，和以前一样很少说话。听说刚过来没几天，他就在能源公司找到了工作，一做十年。"这里挺好。"他踱步到玻璃门边。他们发现，他后脑勺有一块头发全白了。

"忙不忙？"他们发给他一支烟。

"还好，"他拉开门，站到院子里抽起来，"你们呢，这次准备玩几天？"

"一星期，在这里住三天，大后天就往东边走。"

"哦，"小赵看看天，"天气不错，这里很少下雨，也没有雾霾。"

"比国内好。"

"比国内好。"

他们再一次注意到小赵不高。一米六几，和桑静差不多。他追桑静的时候，他们不喜欢他，桑静说她也不喜欢。后来，他们被邀请参加婚礼，坐在离主席台很远的一桌。小赵和桑静，像两个小人在台上玩过家家。牵手，接吻，交换戒指。父母讲话，叮嘱他们到了国外要同甘共苦。他们记得桑静哭了。

"桑静现在是不是全职妈妈？挺自由的。"

"她想去上班，"小赵吐出一口烟，"老大已经上小学了，这个也快上幼儿园了。她歇在家里太无聊，想去找份图书馆的工作。"

"那不错。"

桑静抱着孩子过来,"呀,爸爸竟然躲在这里抽烟呐。"

"不抽烟。"小 Michael 用两根指头指着小赵。

"好,爸爸不抽。"小赵用力吸了一口,移开,又快速吸两口,把烟头丢在地上。

他们看见他自然地把孩子从桑静怀里接过来,没有预兆,也不用语言。桑静拍拍胸前的衣服,整理一下头发,完整地暴露在光亮里。他们确认她胖了。

三个人,还有因为参加同学的生日派对没过来的大女儿,很奇异地组合,繁衍,生长了。桑静的眼睛一直围绕着 Michael,做搞怪的表情,逗他。Michael 很冷静,没什么反应。她和小赵并肩站着,他们能辨认出时间带来的改变。眼前是两个被画上皱纹的小孩,没有长大,却变老了。两只在烤箱里渐渐失水的土豆。

五点,桑静说可以开始准备晚饭了。给他们布置的工作是洗菜,打蛋,剥蒜,用削皮器刮掉胡萝卜坑坑洼洼的皮。他们在长桌子两旁坐下来,聊着天,一边手忙脚乱地劳动着。桑静专注地往牛排上抹盐。像回到大学的时候。他们抱怨,天下的老板一样黑心,都想把员工榨干。从过年就开始盼着年假,像这样,终于可以什么都不想,和让人放心的朋友们出来玩。

"工作嘛,总是这样的。"桑静说。

"唉,什么时候能像你这样就好了,真不想工作。"

桑静笑笑。

Michael 被放到地上，脱了羽绒服，剩一件蓝白条纹套头毛衣，四处跑。小赵跟着他，弯下腰，两只手环绕着，防止他跌倒。因为好奇，或者来到一个新地方的焦躁，他拉椅子，拍墙，踮脚拿刀。小赵赶紧捏住他的手腕，把刀抖开。被提着手的 Michael 像被钉在原地，愣了一下，哭起来。

"你怎么回事，又把他弄哭了。"桑静说。

哭声更响了。Michael 挣扎着把手抽出来，举过头，手腕垂着，仿佛掌握了一枚铁证，扑到桑静身上。

"妈妈啊！"

"爸爸把你弄疼了是吗？"

"妈妈啊！"

"好，没事了，爸爸不是故意的。"桑静擦干净手，把 Michael 抱到腿上。面前的盘子里铺开十块淌血水的牛肉。"来，和妈妈一起做菜。我们是小厨师，对不对？"Michael 抽噎着，哭声停了。

"小孩子很狡猾的，"桑静朝他们挤眼睛，"有时候必须跟他们斗智斗勇，凶一点，把规矩做好。不然就等着被他们玩死吧。"

"你女儿应该很懂事了吧？"

"女孩好一点。但在这里长大的孩子，个性都很强。昨天还跟我吵，不让我跟他爸爸填泳池。"

"什么？"

"填泳池。我们前年换了一个大房子，带一个露天泳池。夏天只能游几天，维护起来特别麻烦，又贵。我们就商量着把它填了。"

他们记起来，桑静以前经常去游泳。在学校的游泳池，天顶蓝蓝，水光一圈圈波动扩散。他们不会游，就闭着眼睛躺在水面上，装浮尸。想着，也许坐在高台上的教练会以为他们真的死了。他们让自己沉下去，不呼吸，憋很久，再突然上来，制造一种，平静的惊恐。

没任何反应。他们看见，桑静仍然在另一条泳道里，以一种恒定的速度，蛙泳。

"好了。"桑静把牛排处理完，转身找小赵。他靠在沙发的边角，睡着了。身体歪着，半张着嘴，两只手交叠在腹部，像捧着一只碗。

"爸爸累了。"桑静说。Michael 也回过头看。"你去把那条毯子给爸爸盖上，好不好？"

Michael 怔怔地，不动。过了几秒，忽然从桑静怀里钻出来，笃笃笃跑到沙发边，拎起那块折叠好的毯子，原封不动转移到小赵的膝盖上。

"真棒。"桑静过去亲了他一口，顺便把毯子松开，拉到小赵的胸口。

玉米和萝卜快煮好了，厨房飘出一股甜甜的熟香。他们做的番茄炒蛋和蒜蓉空心菜摆在桌上，旁边是六组碗碟和刀叉。他们从最底下的橱柜里翻出一只发黑的铸铁锅，桑静用洗洁精把油脂结成的痂刷掉。开大火,准备煎牛排,同时预热了烤箱,煎完以后还要进去烤两分钟。

第一块牛排端上来了,他们都凑上去吃。Michael 也站在凳子上,伸手要抓。他们切下一小块喂他。真嫩,肉汁被锁在内层,外层焦焦的,嚼起来有黑胡椒的颗粒感和蒜香。第二块,第三块,一上来就被瓜分光了。

等桑静忙完,卸下围裙和厨房手套走到桌边,他们已经都吃饱了。桌上剩着她自己的那块牛排,半碟空心菜,番茄被挑完的鸡蛋,所有的胡萝卜。她拿了一只小碗,把胡萝卜夹到碗里,招呼 Michael 来吃饭。Michael 扭过头假装没听见,趴在沙发上玩他们的 iPad。

"他刚刚吃了很多牛排,应该也吃饱了吧。"

"什么?!"桑静端着碗去检查 Michael,他在屏幕上杀僵尸,手指柔软而灵活。塞一根胡萝卜到他嘴里,嘴紧闭着,不肯松动。

"妈妈做的牛排是半熟的,小孩子不能吃。你吃了多少?"

Michael 不回答。

"你怎么也不看着点儿他?"桑静徒劳地说小赵。小赵轻声反驳了一句,"让他吃呗。"

"来,不管怎样,再吃几根胡萝卜,不吃蔬菜不行。"桑静把胡萝卜举到他面前,挡住了屏幕,Michael 躁动起来,企图从她手臂的缝隙里把游戏救活。桑静抢走了 iPad,放到离他们一臂远的地方,"吃完了再玩。"几乎是一瞬间,Michael无须准备地号哭起来。

眼泪倾泻而出,冲溃了他们在餐桌上的谈话,冲溃了厨房,冲溃了室外半暗的天。他们只好停下来,看着这个三岁大的孩子表达他的无助和被剥夺后的愤怒。小赵用手指蹭蹭鼻子,束手无策,僵坐在椅子里等待这一刻快点过去。他们遥远地说着"不吃不吃,别哭了",他却越哭越凶,两只粉嫩的,伤心的,即将充满力量的小手停在半空中。

"不管你了,玩去吧。"桑静把iPad拿回给他。

他哭着抓过来,贴近身体,又嫌弃地挪开一点,手指松松地护在上方。

桑静回到桌边,吃起胡萝卜条和已经变冷的牛排。

他们用筷子把鸡蛋拢到一起,端给她。"和小孩子较什么劲。"小赵说。

"我没有。"桑静说。

脏碗是他们收拾的,把剩菜倒了,一只只放进洗碗机。从窗户看出去,天还亮着,房子和房子之间透出淡红的霞光。Michael哭着哭着睡着了,一只手握着iPad,被爸爸抱到卧室的大床上躺下。洗碗机轰隆轰隆运作着,桑静忽然想起来,"房东说附近有个湖,我们要不要去散散步?"

他们跟着她一起去了。

就在路的转角。从栏杆下面穿过去,经过几丛低矮的灌木,空长椅，视野开阔起来。呈现在眼前的是一个小水塘，算不上湖，周围种满了草和树，偶尔从远处跃进来一个遛狗的人。草坪潮湿，他们沿着水塘边缘轻轻走着，面向湖的房子里亮起了温暖的灯火。

"湖真好看。"桑静说。她甩着手走在最前面，除了她自己，什么也没有，就像他们记忆里的桑静。

他们想起来，有一句应该说的话一直没有说。好久不见。他们习以为常地从对方的生活里穿过，只是片刻，一个交错。霞光消退了，天幕沉降下来，转变成一种寒冷，严肃的颜色。他们注意到湖边的白桦树，一节节，像眼睛，凝视着路过的人，不说话。

"你看。"他们指给桑静看。

桑静停下来，微微弓着背，手臂在腹部环抱着。忽然低下头，笑了。

"怎么了？"

"没什么。有一点不敢看呢，这些树，好像能看穿你。"

她的嘴角仍然展露出笑的样子，渐渐收拢。

"回去吧，Michael 该醒了。"

小赵在客厅里用很细小的声音看电视。他指指卧室，摆摆手。

"我们八点半走，"桑静用气声对他们说，"去接女儿。"

还有一刻钟。他们没开灯，围着桌子坐下来，说起明天去国家公园。

"我们三年前去过一次,"桑静说,"公园里有熊。太大了,根本没办法走路,必须开车。"

他们从厕所的洗手台上拿来一盘蜡烛。小赵摸出打火机,擦,点亮了。

"这样的感觉真好,是不是?"

屋子里亮了,才显出外面彻底黑了。他们看见,桑静的影子映照在玻璃上,和屋外暗淡的草坪叠加在一起。她用手撑着下巴,下垂着眼睛,表情平静而肃穆。像一尊安静的,思索的,不愿再说话的雕塑。

2016 年

图书在版编目（CIP）数据

台风天 / 陆茵茵著 . -- 成都：四川人民出版社，2017.12（2021.5 重印）

ISBN 978-7-220-10520-3

Ⅰ.①台… Ⅱ.①陆… Ⅲ.①短篇小说—小说集—中国—当代 Ⅳ.① I247.7

中国版本图书馆 CIP 数据核字 (2017) 第 277635 号

本书中文简体版权归属于银杏树下（北京）图书有限责任公司

TAI FENG TIAN

台风天

陆茵茵 著

选题策划	后浪出版公司
出版统筹	吴兴元
编辑统筹	梅天明
特约编辑	朱 岳
责任编辑	熊 韵
装帧制造	墨白空间 · 韩凝
营销推广	ONEBOOK
出版发行	四川人民出版社（成都槐树街 2 号）
网　　址	http://www.scpph.com
E - mail	scrmcbs@sina.com
印　　刷	北京天宇万达印刷有限公司
成品尺寸	143mm × 210mm
印　　张	6
字　　数	115 千
版　　次	2018 年 2 月第 1 版
印　　次	2021 年 5 月第 3 次
书　　号	978-7-220-10520-3
定　　价	29.00 元

后浪出版咨询(北京)有限责任公司 常年法律顾问：北京大成律师事务所　周天晖 copyright@hinabook.com

未经许可，不得以任何方式复制或抄袭本书部分或全部内容

版权所有，侵权必究

本书若有质量问题，请与本公司图书销售中心联系调换。电话：010-64010019